sonrisa vertical

Colección de Erótica dirigida
por Luis G. Berlanga

Dante Bertini

El hombre de sus sueños

XV Premio La sonrisa vertical

TUSQUETS EDITORES

1.ª edición: marzo 1993

Diseño de la colección: Clotet-Tusquets
Diseño de la cubierta: MBM

Tusquets Editores, S.A. - Iradier, 24, bajos - 08017 Barcelona
ISBN: 84-7223-663-3
Depósito legal: B. 4.244-1993
Fotocomposición: Foinsa - Passatge Gaiolà, 13-15 - 08013 Barcelona
Impreso sobre papel Offset-F Crudo de Leizarán, S.A. - Guipúzcoa
Libergraf, S.A. - Constitución, 19 - 08014 Barcelona
Impreso en España

Indice

Porque va a traer la Disensión. (...) Caballeros y Damas serán, desde ese momento, dos patrias hacia las que sus almas tirarán cada una con un ala divergente; y sobre las cuales les será tanto más imposible pactar, porque, siendo en verdad la misma, ninguno podría ceder en privilegio de la una sin atentar contra la gloria de la otra.

Jacques Lacan, *Escritos*

Génesis

Sólo una cosa no hay. Es el olvido.

Jorge Luis Borges, *Everness*

Tendría siete años —o seis, o cuatro, lo mismo da— cuando pedí a mi hermano mayor que me dejara mirar, aunque fuera un momento, sus siempre bien ocultas revistas de historietas. Me dijo solamente «no», sin siquiera levantar la vista de lo que estaba haciendo, y, cuando le pregunté el porqué de su negativa, me contestó que él no necesitaba razones para hacer las cosas. Compungida, a punto de llorar, dolorosamente castigada en un lugar sin nombre al que luego, con más años, bauticé como amor propio, sólo atiné a amenazarlo con contar todo aquello a nuestros padres.

Logré que al menos se dignase a mirarme, pero también que me hiciera una confesión desoladora: antes de que yo las tocara, él prefería romperlas. Lo hizo frente a mí, lenta y concienzudamente, sonriendo.

Mis padres tomaban sus vacaciones al final del verano. Un poco, según decían en casa, por economizar dinero, y otro poco, según decían a los demás, porque preferían la tranquilidad al bullicio.

Como resultado yo nunca encontraba niñas para jugar: las que como yo veraneaban en aquellas costas atlánticas tempranamente frías habían vuelto a sus domicilios ciudadanos, y las otras, las naturales del lugar, jamás se acercaban a las playas. Con seguridad asqueadas del sol, el turismo y las olas, preferían quedarse en sus casas, tomando gaseosas sentadas frente al televisor o, tal vez, jugando con el gato. Mi abuela, quizá la única consciente de este solitario aburrimiento, me había iniciado desde muy pequeña en el difícil arte de las construcciones de arena. Años después, yo gozaba melancólicamente, imitando con torpeza su manera de hacer, mientras recordaba entristecida esas manos pecosas y delgadas que levantaban desde minuciosos castillos de cuento hasta torres de Babel y fortalezas inexpugnables, uniendo la refinada eficacia de un buen arquitecto a la concentrada ternura de una bordadora.

Un día en que estaba sola en la playa, por primera vez orgullosa de una extraña construcción hexagonal levantada con esfuerzo a lo largo de toda una bochornosa mañana sin sol, Mario y Joaquín, dos niños del pueblo que se entretenían en perseguirme de mil maneras diferentes, empezaron a tirar sobre mí piedras, latas y cuanto objeto tenían a su alcance. No pensé en mi integridad física, sino en la obra que hubiera deseado ver domésticamente inmortalizada en una fotografía de papá, y, poniéndome por delante, comencé a devolver las cosas que me arrojaban los dos muchachos semiocultos tras los árboles. Mi puntería era pésima; la de ellos, normal. Un blanco cascote puntiagudo me pegó en medio de la frente, lastimándome. Retrocedí asustada, con tan mala suerte que caí de espaldas sobre mi delicado castillo de arena. Los atacantes victoriosos salieron de su escondite con los bañadores bajos y, señalándome con sus sucios índices —bastante más desarrollados que sus sexos—, se pusieron a reír a carcajadas, gritándome estúpida, gilipollas y, extrañamente, puta. Corrí a casa ahogada de rabia, esperando encontrar en mis padres cobijo, comprensión y, con toda seguridad, un ejemplar castigo para los agresores. No fue así. Mientras El me encerraba en mi cuarto sin cenar y con la expresa prohibición de volver a salir sola, ella repetía una y otra vez que aquello me pasaba por haberme metido con varones.

El salón de mi casa era inmenso, pero en esa época la mayor parte de las cosas eran inmensas para mí, inalcanzables. Todo, desde trepar a una silla para poder agarrar con mis manos, regordetas y torpes, cualquier frágil adorno que poco después se rompería contra el suelo, sin que yo alcanzara a comprender el cómo ni el porqué de esa fatal desgracia, hasta ver acercarse, amenazadoramente precedida de un grito, la cara enfurecida de los otros, era una aventura especial; se convertía —aunque luego doliera— en algo emocionante, vital e irrepetible.

Pero cuando el tío Abel, cogiéndome por los brazos o por la cintura, me llevaba desde el suelo hasta su cabeza, en un rápido vuelo que siempre terminaba conmigo sentada a horcajadas en su cuello, el cielo descendía hacia mí, o tal vez yo escalaba la habitualmente inaccesible cima del paraíso. Por esto es por lo que no entiendo cómo, pese a la sensación de calor que él irradiaba y a la intensidad con que yo esperaba sus visitas, nunca pude memorizar su cara. Recordaba sus caricias, la ternura de su voz al hablarme, la especial alegría de nuestros encuentros. El color de sus ojos, jamás. Muchas veces, cuando todo acabó, dudé de que hubiera sido real, tanta fue su delicadeza al pasar por mi vida. Para desmentirme, busqué una imagen suya de veracidad irreprochable. Bajo los cristales del tocador materno estaban los retratos de todos los miembros de la familia, aun de los menos cercanos, de aquellos no especialmente queridos. El de Abelito, no. Tampoco pude encontrarlo en las cajas que mamá guardaba en el estante más alto del ropero de su alcoba, un lugar que ella suponía absolutamente inalcanzable pero al cual había accedido buscando distintos incentivos cuando mi imaginación flaqueaba. En esas cajas de cartón brillante y coloreado, con sugerentes nombres en relieve –Manon, El Emporio de las Novedades, Chez Florence, La Dama Elegante–, habitaba un mundo paralelo que yo imaginaba perverso, poblado de extrañas criaturas ausentes que habían olvidado, en una repentina e insoslayable huida, pedazos de su cuerpo junto a retazos de su historia. Donde originariamente hubo bombones, zapatos o enaguas, podía encontrarse de todo; desde pequeños paquetitos primorosos conteniendo dientes, mechones de cabello y anillos baratos de tartas de boda, hasta programas amarillentos de teatro, postales y ligueros.

De todo, sí, menos fotografías de Abelito.

Me negaba a pensar que su imagen hubiera sido arrancada de las fotos familiares con la misma brutalidad con que su vida fue separada de la mía, y que sus ojos, su mirada, los rasgos de su cara, hubieran estado presentes antes de la mutilación en aquellas fotografías recortadas que me negaba a tocar, y que, sin saber por qué, me producían una inquietante sensación amestizada de terror y asco: parejas destruidas a fuerza de tijeras; grupos donde faltaba una cabeza y, en su lugar, el agujero parecía poner ante mis ojos una acuciante pregunta metafísica. Trataba de recobrar en esas manos sin cuerpo salvadas de la poda –apoyadas en un hombro, emergiendo como pájaros decapitados desde detrás de una espalda– el tacto suave, la presencia cálida del Abel perdido. Intentaba reconocer en cualquier cuerpo trajeado y de corbata –exactamente igual a tantos otros– un movimiento familiar, algún vago gesto conocido, los restos no perecederos de mi tío, quizá cambiado ahora en su evidencia a golpes de años y de arrugas. Con el correr del tiempo, y a fuerza de no encontrar por ningún lado un solo rastro valedero, pensé que tanto él como nuestra corta relación habían sido un sueño, un intervalo descansado en medio de una larga y fatigosa pesadilla.

¿Dónde estaban, si no, los hombres de su raza, los que seguramente se le parecían? Me veo en aquel tiempo, pequeña y llorosa, desahuciada, escribiendo en las paredes la palabra odio, no como diagnóstico de mis sentimientos, sino como sintética descripción del mundo que me había tocado en suerte; un mundo que debía compartir con personajes huidizos, torvos, cubiertos de maldad y angustia, siempre cargados de ruido. El único distinto, gentil –vaporoso y transparente como las acuarelas que ilustraban los cuentos de hadas– era, o mejor dicho había sido, el tío Abel, mi querido Abelito.

El verano en que nos anunciaron su muerte yo no supe llorar. Sueño o pesadilla, nada de lo que ocurría era verdadero. Podríamos volver a ser felices. Despertaríamos.

Ahora, mucho tiempo después, tal vez insomne para siempre, ya puedo imaginarlo: flotando sin destino en un río provinciano de color dorado, entre sauces llorones y moscas pegajosas; acunado, con la misma suavidad con que había vivido, por la cálida bruma de una siesta tropical; alejado de mí para siempre; finalmente muerto.

> ... en medio del lujo y la alegría de los últimos bienaventurados de este mundo miserable, continúo sola, sola.
>
> Paul Morand, *El aire de Chanel*

Hojeo un cuaderno de mis diecisiete años. Atardece. No he prendido las luces y toda mi habitación va adquiriendo un tono grave, parecido al mío. Me quedo allí, detenida en una breve redacción que tal vez pretendió ser un poema:

El tiempo pasa solo, sin ayudas;
unas veces volando, otras veces corriendo.
No has de preocuparte por ganarlo ni perderlo:
hará de nosotros lo que quiera;
escondiéndose a ratos detrás de la alegría,
para que, por un instante al menos,
nos olvidemos de que la muerte acecha.

Quizá por haber cometido la indiscreción de hablar de ello, el tiempo ha pasado con demasiada prisa, la alegría fue escasa, y la muerte –torpemente disfrazada de soledad–

duerme a mi lado cada noche, enfriándome la almohada.

Salgo del cine con un humor espantoso. Detesto las películas de este tipo y, cuando digo tipo, no me refiero solamente al carácter o al estilo de la cinta, sino también al director. Pedantes, lentas, rebosando desde la primera escena hasta la última de una vacua pretensión de trascendencia. Sin embargo, he caído nuevamente en la trampa que me tendieron la curiosidad y mis amigos. ¡Angeles a mí! Una señora trapecista, con tobillos del grosor de mis muslos, cara de borrega y alas chamuscadas de última comparsa en un triste pesebre pueblerino, enamora a enviado del cielo, abotagado y cotilla, logrando que abandone para siempre su condición angélica por un triste puesto de marido de la artista en una ciudad desoladora, fría e inhumana. Basura. Mentiras sin sangre disfrazadas de filosofía, emociones tan edulcoradas como las de la novela de sobremesa. Como decía la abuela: mucha frivolidad y muchas corbatas, con eso no se gobierna.

Dispuesta a no irme a la cama sin despejar un poco la resaca producida por las dos largas horas de ingestión de tanta palabra trascendente, estoy a punto de pedir una vulgar cerveza fría en la barra de un bar atendido por mujeres. En la penumbra, una media docena de señoras solas, esparcidas por las mesas, esperan váyase a saber qué cosa. «Patético», pienso, y pido un whisky. Al menos, que me acompañe algo masculino.

Allí, rodeada de todas esas mujeres expectantes y cansadas, hábiles intérpretes de un perenne papel comprometido, puedo verme a mí misma, una más de ellas: la mirada errabunda, temerosa de encontrarse con las otras miradas; las manos, de impecable manicura, cerradas como cepos alrededor de la superficie escurridiza, húmeda –una piel terminal, de muerte próxima–, los dedos apretándose con rigor alrededor del vaso frío, tratando de enfriar las ganas de salir corriendo.

Debemos comprenderlo. No es nada fácil ser una mujer independiente.

Tienes que mantener siempre un aspecto impecable y a la moda, evitando caer en la mediocridad o la extravagancia; cuidar tus palabras casi tanto como tu piel y soportar la soledad a la que todo eso, inevitablemente, te condena. Es como si, escudándose tras sus convenciones y sus hombres, libraran contra las que osamos desafiar rígidas normas seculares una impía batalla silenciosa. Somos las pérfidas rubias de la película, las malas, las otras. ¿Cómo una señora de su casa, ordenada y juiciosa, puede ser amiga de una mujer sin ataduras, siempre dispuesta a arrebatar lo que no tiene a su vecina más cercana? Para éstas, nuestro perfume es provocativo, nuestras faldas demasiado cortas, los pantalones excesivamente ajustados y el corte de cabello inadecuado, aun si de verdad tuviéramos la sospechosa edad que confesamos tener. Nuestras camisas siempre están desabrochadas más allá del botón reglamentario, muchas veces transparentando escandalosamente la ausencia de sostén, y el color de los labios es, sencillamente, de puta.

Se nos hace imposible charlar con un hombre casado, así lo hagamos rodeadas de gente y en un lugar público. Seremos lapidadas con los murmullos y miradas de todas las defensoras fervorosas de la monogamia sin deslices y, si no desistimos en el presumible empeño de arrebatar del seno del hogar —usando antiguas artimañas de cortesana— al hombre inocente, acabarán con nosotras valiéndose de armas menos metafóricas que el desprecio. ¿Enfrentarse a ellas? Tienen de su lado no sólo la fuerza, sino también la verdad que les confiere ser multitud, y nosotras, marginales y minoritarias, no podemos unirnos, por desconfianza y por principios. Si somos coherentes hasta el final con nuestra declaración de independencia, la asociación es imposible y, además, ¿cómo confiar en alguien con audacia suficiente como para pretender bastarse a sí misma en un mundo de pequeñas sectas familiares, de células inexpugnables y autónomas unidas entre sí por un pensamiento único?

Para compensar tanta soledad, este siglo nos ha permitido rodearnos de algunos personajes especialmente preocupados por nuestra integridad o, al menos, por la integridad de nuestro físico. Allí los tenemos, encerrados en frascos deslumbrantes como si de genios de cuento se tratara; exhibidos en estantes y anaqueles como valiosos trofeos de nuestra agotadora carrera hacia la libertad. Sus nombres –aromáticos, balsámicos, cosméticos– están, sin metáfora, escritos con letras de oro en nuestra memoria: Christian Dior, Helena Rubinstein, Coco Chanel, Yves Saint-Laurent, Margaret Astor, Balenciaga, Madame Rochas, Karl Lagerfeld, Gloria Vanderbilt, Nina Ricci, Paloma Picasso. Ellos palian nuestra angustia, adormecen nuestra ansiedad, gratifican nuestro ego debilitado por el abandono al que nos vemos sometidas.

Mientras tanto, las otras, las Señoras de Tal –cobijadas por La Ley, mantenidas por sus maridos, justificadas por La Sociedad, escudadas tras sus hijos– se reúnen, satisfechas, alrededor de una mesa desbordante de tartas de nata y bocaditos diversos a opinar de nosotras, intercambiando suposiciones como si fueran hechos, conjurando maleficios para destruirnos.

... ver que se adelanta, la garganta al aire, el hombre más bello, no desea amar.

Alfonsina Storni, *Octubre*

Sueño con él. Tiene los ojos achinados, oscuros, separados entre sí. Ojos de vasco, según mi madre, pequeños y redondos. Las orejas sobresalen, y una profunda hendidura (me niego a decir hoyuelo) parte en dos mitades el mentón pronunciado. La piel es blanca, curtida, muy recia, con un tinte oliváceo, casi tan oscura como su mirada. El cuello continúa, sin quebrarla, la línea lateral de la mandíbula; los hombros son anchos y redondeados, la cabeza pequeña, imponente. Su melena rubia cae hasta los hombros enmarcando su cara delgada y sensible, el brillo penetrante de sus ojos grises, las gruesas y bien dibujadas cejas, la boca carnosa y sensual, la espontánea, franca sonrisa.

No es muy alto, aunque para abrazarme debe agacharse un poco, y todo el mundo dice que yo sobrepaso con creces la altura media de la mujer española. Nunca me gustaron los hombres excesivos; prefiero los que, como él, tienen una dimensión doméstica, maleable. ¿Las orejas? Pequeñas, pegadas a la cabeza, un poco infantiles, contrastando con la definida y sobresaliente estructura de la nariz, quebrada y agresiva. Tiene los muslos fuertes, de gimnasta, los brazos largos y nerviosos, siempre dispuestos a envolverme en un cálido abrazo. Amo en él la inteligencia por sobre toda otra posible cualidad física. No me importa que su cuerpo sea débil: su desprotección despierta mi ternura. Miro embelesada cómo se mueve por la vida. Despliega la elegante soltura del hombre de mundo, la timidez encantadora de los artistas refinados, la modesta introversión de los auténticos pensadores. Su voz es potente, sólida, serena, con los delicados matices del poeta y la comprensiva autoridad de los psicólogos. Me coge entre sus brazos, me mima como nunca antes nadie me ha mimado, me conmueve con sus inesperadas delicadezas. Sabe ser duro a tiempo, pero también controlar sus arrebatos. No me da demasiado para que no huya de él, hastiada. Conoce mis miedos más profundos, los acaricia con delicadeza, los calma; juega con ellos para dominarme. Se apodera de mi voluntad sin mi consentimiento, convencido de que muchas veces deseo ser subyugada aunque mis palabras digan lo contrario. Me respeta, me cuida, me ama. Me posee a menudo, pero con ternura. Su pene es del tamaño que requiero: ni de un gigantismo apabullante, ni tan pequeño como para no hacer mella. Eso sí, un poco más grueso que lo necesario, y suculento y fragante como un plátano maduro. Cuando entra en mí lo hace como un vendaval en el Caribe: arrasándolo todo, dibujando recuerdos tan palpables como cicatrices.

Tiene piel de lactante, nalgas de adolescente, manos de sabio. Una pequeña marca en su pómulo derecho, otra más profunda en la frente despejada, cuentan historias de su infancia aventurera, lejos de la ciudad donde lo he encontrado; son los tatuajes de una niñez inquieta y sin caricias, perdida entre selvas y cascadas que tiñeron sus ojos con el verde profundo de la hierba húmeda. Me aferro a su olor, al aroma agreste de su cuerpo, para olvidar los dolores viejos, los amores antiguos.

Su miembro es mi bálsamo: suave, nervioso, magnífico; elegante cuando está dormido, vigoroso y brutal en la vigilia. Es también un animal atento, satisfaciendo siempre mis mínimos caprichos; un felino silencioso, hambriento, que salta sobre mí cuando menos lo espero; una boa, fatigada y sumisa en el letargo susurrante de la siesta, pero glotona, voraz e insaciable cuando despierta de su profundo sueño.

Podría hablar también de su generosidad, de su dinero; de la forma en que levanta la copa de *champagne* cuando brindamos por una felicidad eterna y compartida; de cómo sonríe al despedirse, con un gesto irónico en sus labios extremadamente finos, labios de torturador o de beato; de sus ojos de acero, muy despiertos, con el color preciso de la nuez madura, astutos y almendrados.

Me gusta tal cual es. Con su nariz respingona y orgullosa, su calvicie incipiente, sus kilos de más, su ropa impecable. Me gusta su piel, siempre con el tono justo de bronceado; su cabello moreno y rizado; su cuerpo latino vestido con tejanos y una camiseta, con comodidad, con desenfado; sus piernas rotundas, cortonas, su esmoquin de seda y su pajarita, su sexo siempre listo, inquieto. Y su sexo, no importa de qué color, de qué manera.

Es un sueño, sí, lo sé, pero quizá también un poco más que eso.

> En la mayor parte de las flores, el estigma u órgano femenino es una pequeña borla más o menos viscosa en el extremo de un tallo frágil, que espera, paciente, la llegada del polen.
>
> Maurice Maeterlinck, *La inteligencia de las flores*

Este es real. Tiene los ojos celestes y descoloridos como bolitas baratas de vidrio; sin brillo además, como las mismas bolitas cuando ya han sido demasiado trajinadas. Su pelo rizado excede la línea de los hombros, cae en guedejas abultadas sobre el pecho y la espalda. «Como Jesucristo», me digo y, al instante, asombrada del tópico, lo imagino sangrante, con la mano en el pecho, coronado de espinas, apenas cubierto por un trapo blanco semitransparente. Comienzo a excitarme. Si el mentón no fuera exagerado y el labio inferior excesivo, hasta podría hablarse de una extraña belleza, ya que la figura desgarbada, magra, seguramente sin musculatura, ni siquiera se acerca a algún canon clásico. No me ha prestado atención. Tampoco ha notado mi perfume. Yo puedo asegurar que he visto su cadera quebrada hacia adelante, su pelvis desfasada, la pronunciada ondulación en el pantalón deportivo, al costado derecho de su pierna. No lleva calzoncillos, es evidente. Nada inmoviliza ese cilíndrico badajo que acompaña distraído el movimiento del vagón, golpeando acompasadamente los límites impuestos por los pantalones; mudo, sin provocar sonidos. Me acerco a él esperando que una frenada brusca o una variación de velocidad me permitan tocarlo. Dejo la mano muerta muy cerca de su cuerpo, agudizo el olfato. Es un niño crecido: huele a leche materna, a césped, a alimentos caros. Se ha duchado antes de salir. No fuma. Escucho «permiso» –un niño educado– y apenas me muevo. Con total inconsciencia, arrastra su pelvis sobre mi costado izquierdo. Con total inconsciencia, mi mano se gira, apoyándose tan sólo unos segundos sobre su huidizo miembro.

Bésame los labios, por favor.

No hay súplica en mí, domino. No pido por favor, exijo. El delgado hombrecito parece no entender la intención de mi mandato: estira el cuello en un gesto ridículo tratando de llegar a mi boca con su lengua.

–No te equivoques. –La voz me sale entera, sin temblores–. No hablo de romance, sólo quiero sexo.

Abro un poco más las piernas y, para que no confunda el camino que le exijo tomar, recojo mi falda acampanada hasta el ombligo, dejando al aire mi pelvis desnuda, sin bragas, y la blanca, expectante, curvatura de mi vientre.

–Los labios que tienes que besar están entre mis piernas.

No creo que sirva para ninguna otra cosa. De rodillas frente a mí, hocicando con torpeza entre mis muslos, puedo imaginarle unas dimensiones que no tiene; una fortaleza que, de ser verdadera, no me permitiría coger su redonda cabeza por los lados y apretarla como lo hago contra la vulva que lame sin estilo, puerilmente, igual que si se tratara de un desabrido helado de vainilla.

Alguien comienza a bajar la escalera hacia donde estamos. Mi amante furtivo –apresurado por esconder su excitación de miradas ajenas y supuestos castigos– se desprende como puede del abrazo, corriendo con los pantalones bajados hacia uno de los dos pequeños mingitorios con azulejos color malva, apenas separados del resto del lavabo por puertas de vaivén que no llegan al suelo. Al mismo tiempo que él echa el cerrojo, entra una mujer obesa vistiendo un ridículo conjunto de chaqueta roja con pantalón a cuadros y, casi sin verme, pasa junto a mí y ocupa el segundo de los reservados. Miro detenidamente los cubos de agua, la fregona caída, los envases de lejía y detergente –todos los instrumentos de trabajo de mi amante escondido–, sin poder creer que esa mujer tan distinguida que refleja el espejo sea capaz de tamaña aventura en los retretes.

Vuelvo a escuchar el sonido del cerrojo, esta vez al abrirse. Mi galán, casi sin mostrarse, asoma por un resquicio de la puerta un trozo de su mísero instrumento, masturbándolo violentamente y sin delicadeza con la mano cubierta por un guante ordinario de plástico naranja. Supongo que, aunque yo no alcance a ver sus ojos, él me observa. Soy piadosa. Me subo nuevamente la falda y, girando sobre mis zapatos de tacón –gamuza cobriza de una firma francesa con nombre de mujer–, le muestro despaciosamente, como si de un desfile de moda se tratara, mi coño entreabierto, mis nalgas, mi ojete.

Está a mi lado. Como yo, espera ser atendido por una empleada avinagrada y lenta que en estas circunstancias encuentro casi angelical. Su lentitud me otorga el tiempo necesario para mirarlo detenidamente. Tejanos 501, un culo redondo y erguido de tamaño regular, zapatillas deportivas no demasiado limpias, una vulgar camiseta ceñida no demasiado nueva; las manos anchas y los brazos fuertes, cubiertos por un vello dorado que apenas se destaca sobre la piel bronceada. Puedo imaginar sus nalgas pálidas, tan diferenciadas del resto de su cuerpo por el recuerdo, hecho perfecto recorte de color, del bañador que ya no lleva y que, pese a la aparente transgresión de esos dos pendientes brillando en su lóbulo izquierdo, nunca se ha atrevido a quitarse bajo el sol, sobre la arena. Mi mirada se descuelga de su nuca, apenas percibida entre el cabello oscuro, mal cortado, y cae al suelo, ebria. Aunque sin asco, escapo de sus pies hediondos y, trepando nuevamente por sus piernas, busco otras parcelas más amables. La húmeda, enmarañada depresión de sus axilas; el pliegue de sus antebrazos musculados y, más abajo, el de sus muñecas, rodeadas de innumerables baratijas, cintas y colgantes; los ángulos –lampiños, dulces como caramelos– cercanos al sexo comprimido por la tela áspera; el escroto rugoso que atesora sus huevos; la hendidura, que divide las nalgas, continúa por la espalda y me regresa otra vez, aún más borracha que al principio, hasta su cuello.

Parezco reducirme. Soy un insecto apenas, deslizándose sin ser visto por la entera superficie de su piel, acariciando el glande ligeramente descubierto, empalagada por el olor dulzón y penetrante de su pelvis. No me mira, sin embargo, cuando me paseo por sus labios, los toca distraídamente con la punta de un dedo.

He llegado hasta él, se ha conmovido.

Quiero crecer de pronto. Crezco. No demasiado, tan sólo un poco más que mi pequeño y desconocido amante; lo necesario como para abrazarlo por la cintura con firmeza, apoyar mi cabeza sobre su cabeza y recorrer con mi nariz su nuca, despejándola suavemente de sus gruesos cabellos de querubín de barrio. Luego desgarro la camiseta lentamente. No, mejor no. Sólo la levanto hasta descubrir la espalda. La piel es más gruesa que en el resto de su cuerpo: puedo arañarla sin remordimientos, asirla con los dientes para que no se escape.

Repentinamente, otra mano me devuelve a mi lugar, arrancándome del sueño. Una mujer real, que no soy yo, lo está cogiendo por el cuello, lo besa en la mejilla, se acerca hasta su boca con los labios entreabiertos, buscando con la lengua, ávida, el contacto de su lengua. Oigo que la empleada me dice: «¿Qué deseaba, señora?».

Antes de darme cuenta del verdadero sentido de su pregunta, le contesto gritando, impertinente: «¿Por qué mierda no se mete en sus asuntos?».

... nosotros pretendemos educar a la mujer, no para la curiosidad, sino para la honestidad y la santidad.

Comenius, *Didactica Magna*

Las paredes de este edificio son tan gruesas como las de una casa de muñecas. Cartón y pintura, una frágil ilusión de intimidad, una mentira. Un ser inmenso está jugando con nosotros, divirtiéndose con nuestra pretendida libertad, con nuestros movimientos sin sentido.

Desde hace una semana tengo nuevos vecinos. Los imagino jóvenes por la agilidad de los pasos que cruzan sobre mi cabeza pero aún más por el estilo de los muebles que han llegado antes que ellos, precediéndolos. Nunca había vivido así, con invitados permanentes en el piso de arriba. Me pesan sobre las espaldas, me agobian, no puedo soportar la sensación de tenerlos constantemente encima. Cuando me mudé a este apartamento, el edificio permanecía aún casi vacío, y yo, acostumbrada a vivir en casas de una planta, ni siquiera imaginé esta posibilidad siniestra. Tendré que hablar con ellos. Decirles que sufro una enfermedad tropical, un desequilibrio nervioso, o algo más simple, que estoy irremediablemente loca. Cualquier cosa, con tal de lograr que no vuelvan a caminar con sus ruidosos zapatos sobre mi persona. De lo contrario un día de estos terminaré arrojándome a la calle por una ventana. O matándolos.

Esta noche casi no he dormido. Han colocado su dormitorio sobre el mío y, más allá de la media noche, la cama que comparten crujió durante diecisiete interminables minutos. Después de los crujidos siguieron gritos de mujer, golpes, gemidos, estertores, diálogos que no alcanzaba a comprender, carreras, saltos. Cuando descolgué el teléfono para llamar a la guardia urbana, todo quedó en silencio. Muertos o dormidos –lo mismo daba– se habían divertido lo suyo a costa de mis horas de descanso. Me acerqué tambaleante hasta el cuarto de baño. Estaba dispuesta a tomar cualquier pastilla que me rescatara de esa angustia instalada en mi estómago, que me devolviera entre algodonosos sopores al escurridizo sueño. Allí estaban ellos, nuevamente sobre mí, ahora bajo la ducha, gritando. Tenían la ventana entreabierta, y, aunque el sonido de sus voces llegaba con absoluta claridad, no alcanzaba a distinguir lo que decían. Trepándome al reluciente borde de la bañera —algo que temo hacer desde el trágico accidente de Lupita—, asomé la cabeza por el hueco de luz.

—No, querido, por favor... no... así me haces daño...

—Venga, mujer, ábrete más de piernas... Apóyate aquí, mira, en el borde de la pila. Te pondré un poco de crema y verás cómo te la tragas toda.

Hijos de puta, no tenían derecho a hacerme aquello.

—¡Ay!, por Dios, no lo hagas, me destrozas...

—Te taparé la boca con una toalla y ya no podrás gritar. Mírate en el espejo... te entra toda sin problemas... Te quejas por placer.

—No, no, me duele muchísimo, te juro que me duele muchísimo... Es demasiado grande para mí... Por favor, mi vida, si quieres me la meteré en la boca.

—No... ya estoy por irme... no seas tan floja, aguanta un poco más... mira... entra y sale... entra y sale...

—Me matas, te juro que me matas, no puedo aguantarlo... me matas, acaba pronto, por favor...

Cierro la ventana de un golpe, esperando que el ruido los distraiga de su juego. Ya no puedo soportarlo más. Meto la cabeza bajo la ducha fría, me tomo dos somníferos, me arranco la ropa. Caliente como una gata en celo, aúllo, revolcándome desesperada sobre la enorme cama, desde hace tanto tiempo inútil. Con los puños cerrados, sin ninguna piedad hacia mi propio cuerpo, absolutamente sumergida en la locura, aprieto mi vientre, mi pelvis, mis nalgas, mis tetas, sobre el colchón caliente, mientras grito que me la ponga a mí, que yo sí quiero, que no abriré la boca si me prefiere muda, ni me quejaré una sola vez, aunque la sangre brote a borbotones de mi sexo. No me importa el dolor, lo necesito...

Finalmente, algo se disuelve en mí y me duermo.

Nos cruzamos en el ascensor. La miro, tratando de descubrir si sabe que ha convertido mi sueño en pesadillas. Me saluda con simpatía. Es joven. Tiene una cara armónica, olvidable; ropa de calidad y tobillos gruesos. Trato de imaginarla desnuda, colgando como una res de las muñecas, recibiendo en la vulva sonrosada el pegajoso miembro de un marido caliente, seguramente tan sudoroso y vulgar como ella.

Otro festival de sonidos; esta vez por la tarde, después del almuerzo. Imagino la escena: él se ha tendido torpemente en el sofá del salón y digiere las judías estofadas, dormitando con la boca entreabierta frente al televisor. Ella, que recién ha terminado de lavar la vajilla, excitada frente a una escena amorosa de un culebrón venezolano, cae sobre él. Hasta puedo imaginarme sus fauces despintadas, su boca con gusto a comida, saboreando el glande nauseabundo del macho semidormido. El despierta a medias y no se conforma con eso. Corre los muebles hacia la pared, dejando el centro de la habitación vacío: quiere poseerla allí mismo; a cuatro patas, sobre la alfombra, como un animal. Sin embargo, de su bragueta abierta asoma una verga grisácea, sebosa; erecta pero sin vida.

Golpeo el techo con el palo de una escoba para hacerles saber que los escucho. No se detienen. Previendo una situación como ésta, he conseguido su número de teléfono. Al séptimo timbrazo, es ella la que atiende con voz entrecortada, apenas audible. Trata de disimular la situación en que se halla, pero yo sé que todavía están prendidos, que aún lo tiene dentro. Puedo oírlo jadear, pegado a su trasero como un perro en celo. Ni siquiera se han molestado en hacer un pequeño intervalo para atender mi llamado. Alcanzo a escuchar un ligero chasquido rítmico, el roce de sus pieles húmedas, el soterrado, contenido placer en la voz femenina. Me pide disculpas, mencionando no sé qué historia de los muebles pesados, la falta de moqueta, la primera limpieza; promete tenerme en cuenta, mientras él, lejano, masculla cosas entrecortadas, inaudibles. Me despido, finjo cortar, aunque mantengo el auricular pegado a mi oreja, conteniendo la respiración. Como suponía, ella deja caer el aparato sin colgarlo, lejos de interesarse por algo más que aquello que está sucediendo en su vagina. La oigo repetir su nombre como una letanía: Juan Carlos, Juan Carlos, Juan Carlos. Su voz se va alejando, desaparece hasta convertirse en un quejido, sale de escena unos segundos, para volver poco después como una súplica que no llego a entender, porque la voz del hombre se superpone, gritándole que no se vaya antes que él, que no deje de moverse, que lo espere un momento, avisándole que está a punto de correrse, que la llenará de leche, que ya, en este mismo instante, lo está haciendo. Como si, en vez de dirigirse a la mujer que recibe sus descargas, me hubiera hablado a mí, decido acompañarlo en el orgasmo. Nos vamos juntos, uno a cada lado del teléfono, gimiendo dolorosamente.

> El encuentro con otra persona es siempre encuentro con la propia sombra.
>
> Thorwald Dethlefsen y Rüdiger Dahlke,
> *La enfermedad como camino*

¿Nuestro primer encuentro? Fue maravilloso. Era un atardecer de diciembre, lluvioso y frío, y yo llegaba de hacer las compras de Navidad, cargada de paquetes con regalos. No había nadie en la entrada ni en la portería, ninguna cara conocida con ganas de ayudarme por ninguna parte. Apoyé el codo sobre el panel de los porteros automáticos y varias voces preguntaron al unísono quién llamaba; sin ninguna simpatía, dejando bien claro que ese ruido intempestivo había interrumpido un momento importante de sus vidas. «Correo comercial», dije, y alguien, por puro despiste, me abrió la puerta, mientras los demás, simplemente me puteaban. Ya dentro, pulso como puedo el timbre del ascensor y, al hacerlo, me rompo una uña. Mi madre decía que era un buen presagio, posiblemente para gratificarse frente a lo que consideraba un verdadero desastre. Frustrada por no poder siquiera llevarme el dedo a la boca, en ese mismo instante alcanzo a percibir que alguien salido de la nada respira agitadamente detrás de mí, a menos de medio metro de mi nuca. Quedo paralizada por el miedo, sin atreverme a volver la cabeza para ver de quién se trata. Meses antes, en el mismo ascensor que yo estaba esperando, habían acuchillado a una mujer luego de violarla y, aunque todos los vecinos desfilamos frente al cadáver soportando apenas la desoladora visión de aquel cuerpo ensangrentado, nadie pudo reconocer a la víctima. No vivía ni trabajaba en este edificio, nunca lo había hecho; no era conocida ni amiga de ninguno de los inquilinos. Tampoco se encontraron sobre ella señas particulares, cartera, joyas o documentos personales. Los diarios consignaron el hecho en una escueta noticia que sin embargo aportaba algunos datos precisos: su edad aproximada, el color de sus ojos y cabellos, la altura y el peso, la talla de sus zapatos. Era como si me describieran a mí: todo coincidía. En el sumario policial la llamaron N.N., las mismas iniciales de mi nombre. Viví un silencioso calvario durante varios meses. Estaba convencida, aunque temía decirlo, de que aquella muerte era en realidad la mía, que esa mujer tendría que haber sido yo, y ese final, sangriento y sin testigos, el de mi vida. Por algún extraño e inexplicable giro del destino los personajes se habían confundido, y ella, una mujer sin nombre, ocupaba mi lugar en una tumba con mis iniciales.

Ahora el asesino estaba nuevamente ahí, a mis espaldas, dispuesto a no volver a equivocarse, a asestar el golpe definitivo sobre la auténtica víctima. Su aliento llegaba hasta mi cuello y supuse que, en unos segundos más, sentiría el filo frío de acero introduciéndose en mi carne, desgarrando los riñones, tiñendo con mi sangre navideña los paquetes multicolores, primorosamente envueltos.

¿Cómo sería el dolor? ¿Cómo llegaría la muerte? ¿Se llevaría el asesino los regalos? ¿Cuál era el móvil verdadero de este crimen aparentemente sin sentido? El ascensor se detiene. Me sobresalto. Aún estoy viva. Una voz de hombre, cálida y potente, pregunta: «¿Sube?». No iba a matarme allí. Como a la otra prefería hacerlo dentro, cuando el ascensor se pusiera en movimiento. Seguramente quería cerciorarse de que esta vez yo era yo, la verdadera. Tendría que arrojarle los paquetes a la cara y correr hacia la calle, pedir auxilio a la gente que pasara, a los vecinos; cualquier cosa menos encerrarme con un asesino despiadado en ese cubo de metal, en esa urna funeraria de reluciente aluminio. Contradiciendo una vez más mis pensamientos, colmando mis deseos, las piernas, lejos de escapar, se dirigen con total convencimiento, sin ninguna duda, a lo que será mi penúltima morada. Aquel ascensor se convertía, por obra de ese hombre sin rostro que estaba a mis espaldas, en un ataúd con dirección al cielo, la última habitación compartida de mi vida.

De pronto, en medio de estos pensamientos, el presunto asesino hace un movimiento que confundo con el final, y toda la tensión acumulada se escapa con un grito ridículo. Los paquetes caen al suelo, mientras mi cuerpo, que seguía la misma dirección, se ve sostenido por un par de brazos sudorosos y fuertes. Mi mano izquierda –laxa, distendida– roza una pierna desnuda con abundante vello, y la cara del hombre más guapo de la tierra se acerca a mi cara con una pregunta en los ojos. Nuevamente un sueño, pienso, y no quiero despertarme, no por ahora al menos. La puerta del ascensor choca contra nuestros cuerpos confundidos una y otra vez, intentando cerrarse. Mi galán sudoroso se agacha y, mientras me sostiene con uno de sus poderosos brazos, recoge con el otro los paquetes desperdigados por el suelo. Lo veo desde arriba: la nuca completa, retazos de los hombros, y un trozo de la espalda y el pelo: moreno, brillante, raleando un poco cerca de la frente. El vestido de punto que llevaba bajo el abrigo, cubriéndome con sumo recato las rodillas, ha trepado casi hasta la cintura, dejando a la vista una buena porción de mis muslos lechosos barrados por ligueros negros. El, indiferente a esa visión sensual de mi persona, arrastra mi cuerpo sin contemplaciones hasta apoyarlo sobre la pared del fondo y, cuando las puertas finalmente se cierran, yo quedo allí, con los pies cubiertos de regalos, como un ridículo árbol de Navidad desencajado. Vuelvo la mirada hacia mi desconocido acompañante. Lleva zapatillas blancas, calcetines, y un pequeño, corto y semitransparente pantalón deportivo de tela sintética, que muestra más que sugiere sus glúteos de poderosa estructura. Se ha quitado la camiseta y, de espaldas a mí, se seca con ella el sudor de la cara y los brazos. Yo, envuelta en lanas y franelas, no puedo creerlo. «Es lo que suponía: un asesino. Al menos a mí me está matando.» He pensado en voz alta, supongo, porque se da la vuelta con una congelada cara de sorpresa. Apenas tiene vello en el pecho, el vientre duro y plano, el ombligo pequeño, bien dibujado. Sobre la piel morena se destacan dos manchas de un tono más rosado; una sobre el antebrazo derecho, la otra en un muslo, cerca de la entrepierna. Los ojos se me quedan clavados en la segunda cicatriz –una quemadura superficial pero extendida, dolorosa sin duda– y, como si mi mirada hubiera puesto en marcha un mecanismo oculto, su pequeño pantalón deportivo se hincha repentinamente hacia adelante, y, tras un movimiento convulsivo, deja escapar por la pernera izquierda un sexo de tamaño imponente, de aspecto triunfal, con el tallo rotundo y la cabeza descubierta. Nos quedamos así, frente a frente, sin movernos, hasta que el motor se detiene, la puerta del ascensor se abre y la estúpida mujer del doctor Caravaca pregunta inocentemente desde el rellano: «¿Suben o bajan?». Por unos segundos nadie le contesta. La cara de mi deportivo acompañante se ha puesto casi tan roja como su glande, mi vecina hace ademán de entrar, y yo, para evitar que lo haga, grito «¡Bajo!», y empiezo a recoger paquetes. De todas formas, El sigue cubriendo la entrada con su cuerpo, y –siempre de espaldas a la incordiante mujer del odontólogo catalán con nombre de ciudad murciana– no permite que la puerta se cierre, aunque tampoco que ella entre. Al empezar a incorporarme, cargada de paquetes, campanitas y lazos, veo que, a unos pocos centímetros de mis labios, la criatura espléndida de rubicunda testa continúa fuera de sus aposentos, conservando casi inalterable su gallarda apostura. Antes de bajar, logro rozarla con los labios entreabiertos, mientras la insípida rubia del apartamento C, la mujer del dentista, se apresura a ser simpática conmigo. «¿La ayudo?», me dice, con una desangelada sonrisa de compromiso que se convierte en electrizada mueca de desagrado cuando, de un tirón, quito de sus manos enguantadas los paquetes que, por propia iniciativa, había decidido transportar hasta mi puerta. No me importaba nada no ser gentil, y mucho menos elegante.

En el ascensor que se alejaba había escapado mi felicidad sin que yo hubiera hecho nada para retenerla. Llorando de impotencia, desbordada, corrí hacia mi casa, tratando de recordar en qué cajón preciso había guardado el válium.

Tengo la boca llena de fregonas, tampones, trapos de cocina. La cabeza me pesa, y un ruido asqueroso, estridente –¿el canto de un grillo?– me saca de mis sueños.

Tomo un trago de agua y mojo dos dedos en el vaso. Estoy ciega. Quizá, como un mesías, pueda hacer un milagro y, humedeciéndome los párpados, devolverme a mí misma la vista que he perdido. Después de unos segundos de espera, con la mirada fija en el pequeño objeto cuadrado de color impreciso que al menos ocupa el mismo espacio que ocupaba el reloj, puedo distinguir las agujas: las siete menos cuarto.

La chicharra de nuevo. No es un insecto el timbre, no podré aniquilarlo. Me arrastro hasta la puerta. Al otro lado de la mirilla espera un ser diminuto con impermeable oscuro. «La policía», pienso, «que vendrá a detenerme por algo que no he hecho.» Abro medio dormida, dispuesta a acompañarlos adonde quieran llevarme. Al menos en la celda podré seguir durmiendo sin bichos que me despierten con sus cantos extraños.

—Soy yo, Juan Carlos.

No logro ver su cara ni sé quién es Juan Carlos, pero antes de que pueda darme cuenta de nada, ya se ha metido dentro, ha cerrado la puerta y me dice, sonriente:

—En el ascensor has olvidado algo. Venía a traértelo.

Allí, bajo la gabardina que cubre su exhibicionismo, bajo su capa de elegante mago ciudadano, están el objeto olvidado y mi recuerdo perdido, fundidos en uno, pendiendo entre sus piernas como la paloma hipnotizada de un ilusionista.

Entre los hombres hay pocos que sean honestos, pero entre las mujeres ninguna.

Paul Morand, *El aire de Chanel*

Ella ha repetido la jugada. Nuevamente ha colgado a secar sobre mi ventana los calzoncillos que su marido usó anoche, cuando estuvimos juntos. ¿Qué es lo que la mueve a hacerlo? ¿Intuye en realidad que El le es infiel conmigo y se satisface torturándome, o es nada más una forma de participar en nuestro juego, a pesar de no haber sido invitada? La otra posibilidad –no por más rebuscada menos creíble– es que quiera avisarme de que no ignora lo nuestro, hacerme saber que el secreto es sólo aparente, y la supuesta discreción de mis encuentros sexuales con su marido, un pasatiempo enfermizo; un componente más de las malsanas, decadentes y perversas relaciones que los unen. ¿Por qué, si no, convierte un acto trivial, sin trascendencia alguna, en una ceremonia casi religiosa? Esa canción idiota –¿qué será, será? Un día ya lo sabrás, ¿qué será, será? Sólo Dios dirá...— cantada a gritos junto a la ventana, los golpes bruscos al cerrarla y su silbido procaz, más propio de un borracho portuario que de una señora bien casada. Sí, no me equivoco. Puedo imaginar perfectamente las confidencias morbosas cuando El vuelve a casa, la minuciosa narración de mis orgasmos, la detallada descripción de mis humillaciones y vergüenzas. En realidad, más que imaginarlo, puedo verlos.

Nuestro hombre llega tarde, casi de madrugada. La luz del dormitorio continúa encendida: es ella que lee.

«Al cabo de algún tiempo, el virrey preguntó a la Perrichola si le divertiría tener algunos discretos invitados en sus cenas nocturnas, y si le gustaría conocer al arzobispo. Camila se mostró encantada. E igualmente encantado se declaró el arzobispo, que envió a la actriz, la víspera de su encuentro, una esmeralda del tamaño de...»

Cuando lo oye entrar, deja el libro a un costado de la cama, sin prisas, poniendo antes de cerrarlo un señalador entre las páginas, allí donde leía la frase que ha dejado inconclusa. Los labios despintados de la señora de la cama se distienden con una sonrisa afectuosa, comprensiva. «¿Cómo te ha ido?», pregunta cortésmente, como si en realidad no le importara conocer detalles. El contesta con un «bien» evasivo y, luego de abrir de par en par las puertas del armario, comienza a quitarse los zapatos. Ella insiste: «¿No piensas contarme nada?».

Ve la nuca del hombre, las líneas del cuello continuando las de la cabeza en un perfecto dibujo cerrado donde las orejas sobresalen simétricas y excesivas. El cabello, impecablemente cortado, brilla pese a la semipenumbra de la habitación. El la mira a través del espejo y ella, más que ver, intuye una sonrisa burlona en los ojos oscuros. El hombre, girándose, se acerca a la cama; silencioso y preciso, como si fuera a estrangularla con el calcetín negro que lleva en la mano. Ella mira sin miedo. Le gusta ese cuerpo bien vestido; sabe que bajo la lana fría, el lino, el algodón y la seda, la piel es dura y fragante, el vello de las piernas oscuro, las nalgas redondas, muy suaves.

Los veo, sí. Claramente, con todo detalle.

Ahora El se sienta a los pies de la cama y, mientras recuerda en voz alta nuestro encuentro, comienza a acariciarla. Lo hace con la relajada ternura de un padre, con la incisiva precisión de un torturador profesional, dispuesto a sacar de su víctima toda la verdad escondida, todo el placer oculto. Ella, rota ya toda compostura, pregunta febrilmente más detalles. Quiere conocer el ángulo exacto de una postura, el tono preciso de un gemido, el olor de mis orgasmos. Vuelven a revivir con pormenores, lentamente, mi holocausto. Mientras El narra con voz suave y profunda, de sacerdote en el confesionario, ella entrecierra los ojos y, penetrador y penetrada al mismo tiempo, lleva una mano al lugar despreciado por el hombre, a ese rincón del cuerpo que su amante abandonara por aburrimiento o por cansancio. Ella pretende ser también protagonista; sentir, como la otra, el aguijón certero clavándose en la carne; la puñalada final, liberadora; el goce.

El sonríe, lejano. Es un macho perfecto. Su falo mítico ya no necesita encarnaciones. Existe en el deseo descarnado de esa mujer caída, pidiéndole, sin vacilar frente a sus necesidades: «Bájate los pantalones, quiero verla». Ella ordena con énfasis, sabiendo que es mentira, que no tiene poder para ordenarle nada, que está atada a esa pasión con sogas invisibles pero poderosas, profundas y sangrantes.

El obedece porque quiere hacerlo, dadivoso como un amo. Regalará a su esclava un momento de lujo, la ilusión de un reinado efímero. Su animal, espléndido pero agotado, queda en libertad. De pie, con las piernas abiertas, lo exhibe con la desgana y el orgullo de un campeón veterano junto a un trofeo antiguo, conocido por todos. Aún lleva la chaqueta puesta, y la camisa, y también la corbata.

La mujer, sobre la cama, es el trazo nervioso de un artista loco, un garabato. Ha despejado el lecho de sábanas y mantas, arrojando lejos el libro que antes leía y ahora yace inservible —de bruces, con las tapas abiertas— bajo los pies del hombre que se mantiene a distancia, como si todo ese repentino arrebato fuera contagioso, lo asustase. Ella ya no ordena, implora. Los senos al aire, despeinada, con los ojos fijos en el miembro masculino –definitivamente lejos del alcance de su mano–, ruega ser penetrada. Cuando, sin responderle ni acercarse, El le muestra su sexo descansando sobre la palma de las manos, la mujer permite que el descontrol la gane. Se quiebra sobre sí, jadeando por el esfuerzo imaginario; estira el cuello con la boca exageradamente abierta, convencida de que le falta el aire; mira al vacío con los ojos acuosos y perdidos, mientras golpea la cabeza en un vaivén repetitivo, contra el respaldo tapizado de la cama.

No habrá piedad, señora, no la espere.

El Soberano está cansado, exhausto. Apenas puede hablar, recordar más detalles de sus encuentros sexuales con la otra. Le dirá por ejemplo, en voz muy suave, cómo muerde la otra, cómo lame la otra, cómo se mueve la otra, hasta que usted, tratando de escapar de su dolor por el orgasmo, llena de su propio flujo solitario, inundada por la imagen repetida, ralentizada, quieta, de la otra que soy yo, comience a relajarse, y dejándose al fin invadir por el resentimiento, empiece a planear una infantil venganza: la de imaginar cómo cuelgan, húmedos sobre mi cabeza, aquellos calzoncillos grises cruzados por sutiles rayas blancas.

La mujer de Juan Carlos viene a verme por algo referente al edificio. La hago pasar y decido ofrecerle un café.

Acepta.

No tengo veneno. Se lo escupo.

Pienso que mañana sin falta compraré una dieffenbachia, por si se le ocurre volver otro día a hablar conmigo. Elogia el color de las paredes. «Es antiguo», le digo, «me muero por cambiarlo.» Se detiene frente a una reproducción que cuelga sobre mi escritorio y –estirando la cara, frunciendo la boca, llevándose una mano a la barbilla– confiesa: «Adoro Monet». «Van Gogh», la corrijo. Se disculpa por la torpeza cometida y, bajando los ojos hacia los zapatos, enrojece súbitamente. No sé por qué la he contradicho. Es un Monet, lo sé muy bien.

Le digo que se ponga cómoda, que me cuente con detalles la razón de su visita. Mientras ella, sentada frente a mí, me habla de ascensores y rellanos, de porteros y recibidores, yo me entretengo mirando sin discreción alguna sus piernas. Son vulgares, amorfas, de tobillos gruesos. Al saberse mirada las cruza y las descruza, espanta insectos que no existen, trata de esconderlas tras los muebles. Le hablo de los zapatos tan cómodos que llevo, de la calidad y duración de los pantys franceses que uso habitualmente —«¡Ah, sí, éstos mismos!»—, de las atractivas faldas cortas. Todo, sólo para llamar su atención sobre las largas y torneadas piernas que tiene precisamente delante de su cara ingenua, de matrona bien servida.

Se atraganta con el café. Invento rápidamente una excusa para zambullirme en la cocina y no reírme abiertamente en su presencia. Aprovecha para pedirme agua a gritos, como si estuviera a punto de deshidratarse por la envidia. Abro el grifo y lleno un vaso hasta el borde, de manera que al cogerlo no puede evitar que algunas gotas caigan sobre el sofá donde está sentada. La veo ponerse roja, buscar algo con que eliminar la mancha absolutamente inocua, optando al final por el puño impecable de su chaqueta rosa. Me mira con los párpados caídos, esperando un perdón que la libere de esa situación embarazosa. La observo fijamente, en silencio. Abandona el vaso sobre la pequeña mesa que tiene a su lado, y al hacerlo vuelca un vaso de cerámica lleno de lápices y rotuladores. Se agacha a recogerlos, ya totalmente histérica, y aprovecho la ocasión para decirle lo desgraciada que me haría que ese cacharro se rompiera. «Un regalo de mi madre», miento, «para mí muy querido.» Sin darle un instante de tregua, le pregunto: «¿Quiere un tranquilizante? La veo muy nerviosa». No puede contestarme. Debe escapar de aquí, borrarse como sea. Elijo ser piadosa. «Tendrá que disculparme», le digo, «dentro de unos minutos recibo una visita.» He callado lo importante: que dentro de un momento llegará su marido, me tomará entre sus brazos, acariciará mis piernas, mis rodillas, me besará en la boca, se meterá en mi cuerpo sin pedir permiso, con violencia, hará de mí una yegua desbocada, un corcel sumiso, y, cuando finalmente nos llegue a los dos el alivio que buscábamos, descansará tranquilo, sin recordar siquiera que ella lo espera arriba, paseando nerviosa y aburrida sobre nuestros cuerpos abrazados.

Llaman a la puerta. Estoy recién levantada. El cabello suelto sobre los hombros, una ligera bata de seda sobre la piel, que aún conserva el olor y la temperatura de las mantas. A los pies de la cama, abandonadas, un par de medias y unas mórbidas bragas de encaje color carne.

Es El, por supuesto. Tiene el pelo, la cara y el cuello empapados. Afuera llueve torrencialmente, y ella, su mujer, se ha quedado dormida frente al televisor. El ha bajado a... En realidad no tiene ninguna excusa coherente.

—Has bajado porque temías haber olvidado las luces del coche encendidas.

Bajo el impermeable oscuro lleva un pijama color borravino, y un fuerte olor a animal húmedo se desprende de su cuerpo, embriagándome. Se descalza; puedo notar que bajo los pantalones de tela satinada no hay otra cosa que su carne. Lo miro con lujuria, retrocedo.

—Estás muy bien, ¿lo sabes?

—No me enloquezcas.

—No quiero enloquecerte. Te quiero entero, consciente.

Camina hacia mí al mismo ritmo que yo voy retrocediendo. Se quita el impermeable, dejándolo caer al suelo. Bajo el pantalón ligero del pijama, una forma conocida comienza a perfilarse, toma cuerpo. Un escalofrío me recorre, no puedo reprimirlo.

—No huyas de mí...

—Tienes que irte. Ella despertará.

—No te preocupes por eso. Acabaremos enseguida...

Se ha quitado el batín y comienza a desanudar la cinta que sostiene el pantalón sobre sus caderas. La bragueta no tiene botones, y toda yo estoy allí, a la puerta del abismo, sin miedo, deseando caer al vacío. Estira una mano hacia mí. Me escapo.

—Por favor, no lo hagas. Si me tocas no te dejaré marchar.

—No me iré sin hacerlo.

—No dejaré que lo hagas.

—Te mueres de ganas. Parece que gimieras...

—No puedes usarme cuando te apetezca, así, deprisa, y luego marcharte como si nada.

—Mira cómo estoy. ¿Vas a dejarme así?

—Por favor, Ernesto...

—Ernesto... ¿qué dices? Me llamo Juan Carlos...

—Hoy te llamas Ernesto.

Dejo que me agarre. Tiene los muslos suaves, el pecho ligeramente velludo, acogedor, la boca dulce y caliente.

—Jugaremos cinco minutos y luego me iré...

El pantalón termina de caer. Siempre me marea la visión de su desnudez. Señala su miembro con las manos, como si lo presentara en público.

—Mira, se ha puesto en pie. Es un homenaje a tu belleza.

Tropiezo con el borde de la cama, caigo sentada sobre ella. El sigue avanzando y sólo se detiene cuando su pene tropieza con mi boca, cuando el glande descansa entre mis labios. Si no fuera por ese olor extraño que lo impregna, quizá podría zafarme, escapar, encerrarme en el baño o la cocina, llamar a los bomberos para que me rescaten; pero es demasiado tarde, estoy ahí, sin moverme, entregada al perfume de ese animalito imberbe que se mete en mi boca como si de su cueva se tratara, sorteando los dientes con destreza, deteniéndose a descansar un instante sobre la lengua, para luego seguir, sin prisas, el camino hacia la garganta. Me cojo de sus nalgas para no naufragar en solitario y El las endurece. Me evado nuevamente, tirándome hacia atrás sobre la cama. Sigo vestida con el camisón de seda que se enreda entre mis piernas, haciéndome sentir laceada. El salta sobre mí —el cazador sobre la presa, otro animal en celo— sin importarle si puedo resistirlo. Es fuerte y pesado, ágil y violento. Sus manos aprisionan mis muñecas, lastimándolas sin piedad alguna. Giro la cabeza torpemente, me agarro con los dientes a las sábanas, siento cómo mi boca se llena de algodón, una luz me enceguece, y el torno del dentista se aproxima, implacable, ruidoso, a hacerme daño en cualquier parte. El va a meterse en mí aunque me niegue. Hace presión sobre mis piernas con las suyas; sabe de mi placer, de las necesidades impuras de mi cuerpo. Me entrego lentamente: la penetración es inexorable. Siento el golpe seco, preciso: lo acompaño con un grito destemplado. Tapa mi boca con la suya y escarba dentro de mí, frenético, buscando con su lengua vigorosa esa bestia herida que habita en mi interior, jadeante. Retiro los cerrojos, descubriendo hasta la última rendija, hasta la más pequeña grieta por donde pueda colarse. No pienso detenerlo ni un centímetro; quiero que siga entrando, que todo El se deslice –boa engullida por la boa– dentro de mi cuerpo, que lo ocupe como si fuera un hijo no nacido, un enorme y palpitante feto.

–Te haré correr cien veces. Hasta que te mueras.

Me ha escupido su amenaza a la cara, cerca de los labios. No me estoy muriendo, me deshago, cambio. Soy, intermitentemente, ángel sin cuerpo y despojo sin alma; una niña pequeña contra la que El golpea con fiereza, sin tener en cuenta fragilidad ni desventajas; una respiración final, entrecortada; un desvanecimiento.

Cuando vuelvo a despertar estoy sola, empapada de semen y sudor, contenta.

—A veces tengo la impresión de besar a un hombre con bigotes. ¿Por qué no te lo afeitas?

—¿Tu mujer ya lo hizo?

—A ella no se lo como.

Nos hablamos desde lejos. Mis pies descansan en la almohada, cerca de su cabeza, mientras una de sus rodillas me roza la oreja izquierda. Ambos metemos los dedos en la boca como si fueran pinzas, inmersos en la ardua tarea de atrapar los pequeños pelos rizados que en su camino hacia la garganta a veces encallan entre los dientes. Insisto en el tema.

—¿Desde hace mucho?

—Nunca lo hice. No me inspira.

En dos saltos estoy en el cuarto de baño. Vuelvo con la máquina de afeitar eléctrica y la arrojo sobre la cama, a su lado.

—Si lo quieres sin pelos, tendrás que ocuparte de hacerlo.

Cuando termina me acerca un espejo de mano.

—Mírate —me dice—. Has vuelto a la infancia.

Se tira nuevamente en la cama, a mis pies.

—Ahora ven, mocosa. Pónmelo en la boca.

Macho es el que tiene todo muy bien puesto.
Está en la tierra para poner orden.

R.H., semanario *Noticias,* Buenos Aires

Acabamos de acostarnos. Me ha hecho correr dos veces. Cuando vuelvo del cuarto de baño, está tirado sobre la cama, a todo lo ancho. No hay espacio para mí. Se masturba.

—Siéntate en el sofá —me ordena.

—¿Todavía te quedan ganas? —una pregunta absurda por mi parte, dado el grado de erección en que se encuentra.

—Cállate. No hables.

Me callo. Yo no estoy caliente. Tiene los ojos cerrados y mueve las manos sin descanso, apretándose el glande, sobándose los huevos, deslizándolas arriba y abajo por la superficie de su pene. Digo tímidamente:

—Si quieres te la chupo.

Es la manera habitual de agradecerle sus servicios.

—Cierra la boca de una vez, idiota.

Ha empezado a tratarme como a su mujer.

No me gusta. Me quedo en silencio, esperando que acabe con la historia que tanto lo conmueve y eyacule. Jadea y se retuerce como no lo ha hecho conmigo. Los chorros de semen le golpean el vientre justo cuando empiezo a sentirme celosa. Se relaja, gira apenas el cuello, me mira.

—¿Tienes una toalla a mano?

Le alcanzo una. Mientras se limpia, vuelve a cerrar los ojos. Me siento nuevamente en el sofá, espero. Pasan los minutos, y, convencida de que se ha dormido, decido vestirme, preparar comida, hacer cualquier cosa menos quedarme allí, esperando más tiempo. Apenas me levanto, se incorpora en la cama y, como si viniera a cuento, me pregunta:

—¿Sabes en qué se convierte un negro en una montaña de nieve?

—No.

—En un blanco perfecto.

Hijo de puta.

Lo estamos haciendo en la cocina. Estoy acostada de espaldas sobre la mesa y mis piernas caen hacia los lados, lo que permite que mi sexo se abra totalmente para que el suyo entre y salga como un émbolo engrasado. De pronto se detiene. No entiendo qué ha pasado, pero quiero que siga y se lo digo. Se separa un poco más de la mesa y, mirándome con cara de verdugo, me dice:

—Pídemelo por favor.

Simplemente lo hago.

—No está mal. Ahora quiero que digas «por favor, papá».

Repito su frase sin prestarle atención. Necesito mi orgasmo y El lo sabe. Introduce el glande. No me alcanza con eso y trato de conseguirlo todo, deslizando la espalda sobre la superficie de formica, yendo a su encuentro. Retrocede.

—¿Así que no te importa hacer cornuda a mamá? Mala niña. Como castigo hoy no tendrás postre.

Vuelve a quitarla totalmente, la aleja de mí, quiere volverme loca. Finalmente, descentrada, imploro. Abre la nevera, y después de buscar un rato por los anaqueles, viene hacia mí con una berenjena en la mano.

—Toma, métete esto. Es casi tan grande como mi polla.

Hijo de puta.

Fernando regresa de Estados Unidos. Michael, su pareja durante años, ha muerto pocas semanas antes, y él no puede soportar la soledad. El reencuentro con su ciudad natal es deprimente, absolutamente desolador. Los amigos de otras épocas han desaparecido, los lugares de encuentro ya no existen o han cambiado, la convivencia con sus padres se le hace insoportable, ridícula. La madre controla sus horarios de llegada como cuando era adolescente, hace escenas dramáticas si no duerme en casa, lo obliga a comer aunque no quiera. Está al borde de la desesperación y del suicidio; yo soy la única persona que lo escucha. Hablamos por teléfono cada día, nos encontramos cada dos. No soporta quedarse en casa: todo el arsenal doméstico lo conmueve, lo quiebra, le recuerda su larga y placentera vida en pareja, el dolor de la pérdida. Nos encontramos en parques, en bares, en terrazas; vamos al cine o al teatro; paseamos abrazados o tomándonos de la mano, como si todavía fuéramos lo que alguna vez, hace un montón de años, tratamos de ser.

Un viernes me llama por teléfono. Lo noto de buen humor, contento; hasta se atreve a hablar de sus proyectos. Nos citamos en Mora. Tomaremos una copa de vino o un té con pastas antes de ir al Casablanca. Quiere volver a ver un filme francés que vio en América; supongo, aunque no lo ha dicho, junto a Michael. Según Fernando, es triste, habla del amor y de la muerte, tiene una espléndida fotografía de Néstor Almendros y música de mi admirado Philip Glass. Llego a la cita puntualmente y, apenas entro en la cafetería, alguien me llama por mi nombre. Es Juan Carlos. Está solo, se pone de pie, sonríe, hace un gesto invitándome a su mesa.

–Siéntate, no espero a nadie.

Me acerca una silla. Traje beige oscuro, camisa color trigo, corbata de tonos marrones, negros y amarillos, una piel impecable, Farenheit de Dior.

–No puedo quedarme. Voy a encontrarme con un amigo. Iremos al cine.

Sigue sin sentarse, mirándome irónicamente.

—No te preocupes, cuando él llegue me iré inmediatamente. Sólo he venido a tomar una tónica... Tenía un molestísimo dolor de cabeza y decidí salir un rato a refrescarme. Además, si te incomoda, no tienes por qué presentármelo...

—Me parece que te equivocas. No soy yo la que está comprometida... En serio, no tengo nada que ocultarte. Y aún menos a Fernando.

—Se llama Fernando...

—Sí, y es ése que viene ahora hacia aquí.

—Un madurito resultón...

Hay algo en El que me toca las narices, sin embargo los presento y, pese a lo que había anunciado, Juan Carlos no se va. Hablamos del tiempo, de las casualidades, de la vida en Estados Unidos, del amor. Mi vecino se ha puesto particularmente encantador. En un momento dado, los dejo hablar a ellos, distraída con mis pensamientos y la poca gente que cruza la Diagonal a esa hora.

—Cariño, si no nos damos prisa, se nos hará tarde —es Fernando el que habla—. Pagaré en caja, así aprovecho para ir a la *toilette*.

Juan Carlos también se levanta.

—Si la *toilette* es un mingitorio, te acompaño. También yo lo necesito.

Me quedo allí, viéndolos alejarse sin parar de hablar. Tienen la misma estatura y una forma de caminar muy diferente. Comienzo a ponerme la chaqueta: prefiero esperarlos en la puerta. Cuando, unos minutos después, alguien me coge por atrás, del brazo y con excesiva fuerza, reconozco de inmediato la mano de Juan Carlos.

—¿Y Fernando? —pregunto.

—Debe estar recomponiéndose. Podrías haberme avisado que era maricón.

Sonríe divertido, tiene un aire triunfal. Me coge la barbilla, dice «*Bay, baby*» mirándome a los ojos, y, antes de que el semáforo se ponga rojo, cruza corriendo la Diagonal. Al girarme hacia la cafetería, veo cómo Fernando sale del lavabo y cruza el salón con la cabeza gacha y un pañuelo en la mano, cubriéndose la boca. Siento un ligero y repentino dolor de estómago, mientras mis piernas, hasta ese momento firmes, pierden su compostura, comienzan a disolverse sobre la acera. Cuando Fernando se acerca a mí está llorando. Puedo ver con claridad dos hematomas: uno junto a la boca, el otro, al lado del ojo derecho. Entre ambos hay una pequeña herida sangrante, lo que podría ser el rastro de un anillo. La mano de Juan Carlos tratando de introducirse en mi vagina por la fuerza, lastimándome con el facetado diamante de su anillo de oro, se hace una imagen viva y dolorosa ante mis ojos.

—Te juro que no le hice nada... —Fernando balbucea, y en su voz de adulto reencuentro al niño que conocí en la infancia; resonancia de iglesias y reclinatorios, olor a incienso, risas ahogadas, misas interminables, el ruido de los lugares que alguna vez compartimos—. Lo miré, solamente... Me la mostraba tanto que no pude no mirarla...

No hace falta que siga. Le creo. Nos abrazamos allí, en medio de la calle, llorando.

Me acuesto con un mal bicho. Tengo orgasmos con un hijo de puta.

> Todas las mujeres que lo habían conocido fueron asesinadas. ¡Qué saqueo del jardín de la belleza! Bajo el sable, ellas lo bendijeron.
>
> Arthur Rimbaud, *Iluminaciones*

Ayer me propuso un juego. Según El, sería una respuesta concreta a mis obstinadas y repetitivas preguntas sobre el carácter de las relaciones que mantenía con su mujer. No pensaba haber insistido tanto en el tema. Alguna vez me interesé por detalles precisos, pero estaba segura de haberlo hecho como una forma más de acicatear su excitación en medio de un orgasmo. Sin embargo, su seguridad me llenó de dudas. Quizá yo fuera mucho más celosa y posesiva de lo que podía permitirme imaginar.

Según sus absurdos planes, yo tenía que visitar a su querida esposa, avisarle de que iba a salir de viaje y pedirle que, si no le molestaba demasiado, se ocupase de mis plantas mientras me encontrara fuera de la ciudad, dos o tres días a lo sumo. No entendí la propuesta que me estaba haciendo y le respondí que no tenía intención de moverme de mi casa en los próximos meses. El repitió que era sólo un juego inocente, una diversión para todos y que, en realidad, yo no tenía que viajar a ningún lado. Lo único importante era poder dejarle a su mujer las llaves del piso con cualquier excusa.

—¿Dónde está la gracia? —pregunté.

—Viene luego —dijo—, en el segundo tiempo.

De cualquier manera, no pensaba adelantarme el resto: era una sorpresa.

—¿Y cómo sabré lo que debo hacer?

No debía preocuparme de nada: El me llamaría por teléfono para comunicarme el próximo movimiento. Era mi director de escena y esperaba que yo no le defraudara con mi actuación. Salió como siempre por la puerta de servicio, pero antes de cerrarla se volvió y me dijo:

—Recuerda, espero mucho de ti.

No me había dejado la posibilidad de negarme. Como siempre, estaba atada a su capricho, sujeta por mi debilidad a su deseo. Días y noches esperando su visita para esto. Nada. Me distraía con un invento absurdo, una chiquillada sin sentido, un entretenimiento poco convincente.

Cojo un juego de llaves. Luego de pensarlo mucho, me pongo la falda de paño azul y una chaqueta gris cruzada, zapatos y cartera negros, un antiguo pañuelo de mi padre al cuello y algunas gotas de Diorissimo, un clásico. Antes de salir me miro al espejo y decido recogerme el cabello que caía suelto sobre los hombros en una coleta desabrida. No puedo parecer sexy, soy una señora. Elimino también la pintura de los labios. Así adquiero un aspecto enfermizo que conviene a la situación: si le produzco pena no podrá negarse.

Me tranquilizaría saber qué estoy haciendo.

Se ha puesto contenta al saber que era yo y, abriendo la puerta de par en par, me ha hecho pasar con una sonrisa –debo reconocerlo aunque me cueste– muy amplia y simpática. Está leyendo un libro y me atiende con él en la mano, preocupándose por mostrar la portada. Para impresionarme, supongo.

—La insoportable levedad de ser Milan Kundera —digo con tono burlón—. El libro más superficial y pedante que jamás he leído.

No entiende la *boutade* y me contesta con aire distraído:

—¡Ah, sí! A mí también me encanta. Pase, por favor.

Como era casi previsible, y yo había podido comprobar cuando se mudaron, tienen muebles modernos. Puedo verla sobrevolando las secciones de Vinçon en busca de esa mesita torcida de falsa caoba con pie de aluminio que ella supone imprescindible, o vaciando las estanterías de Pilma munida de una tarjeta oro, absolutamente convencida de haber hecho una elección personal, de poseer un gusto inimitable y único.

—Una biblioteca surtida —comento, frente a una construcción irregular que parece caer hacia adelante.

—Mi marido y yo somos grandes amantes de la literatura —me miente sin avergonzarse.

—¿Y os gustan los mismos libros?

—No siempre. El adora la ciencia ficción.

Para estar a tono con las circunstancias, empiezo a mentir yo también:

—Jamás he leído nada de eso. Parece cosa de niños, ¿verdad?

—¡Sabe, yo pienso lo mismo que usted!

Está encantada de haber logrado una complicidad conmigo. Somos dos mujeres de hoy, con opinión propia sobre el mundo que nos rodea. Podemos hablar de literatura, criticar con desparpajo, elegir.

La descoloco.

—Tenemos muchas cosas en común. ¿Usted también usa Perlan?

La veo rebobinar buscando la ilación perdida. La ayudo.

—Yo antes usaba Washlan, pero he descubierto que el Perlan me sale más a cuenta.

Me encanta jugar con mi vecina. Representa todas las cosas que desprecio. Me giro nuevamente hacia la biblioteca inclinada.

—Volviendo a la literatura de ciencia ficción... Me gustaría saber algo más. Siempre es bueno conocer los resortes secretos de la sensibilidad masculina. Eso sí, quisiera empezar por un título de calidad. ¿Cuál prefiere su marido?

He vuelto a inquietarla. Estira el brazo hacia un ejemplar cualquiera. Me alcanza un reluciente tomo de la *Fundación* de Asimov. Juraría que jamás ha sido abierto.

–Este... éste le pareció magnífico.

¿Cuándo hablarán de literatura? ¿Después de no hacer el amor?

–Sería ideal para el viaje. Algo divertido... Que me ayude a no pensar en las calamidades que me esperan. ¿Sabe?, es que tengo que viajar a casa de mis padres... No están muy bien de salud...

Perfecto. He logrado llegar elegantemente al motivo central de mi visita. Media hora después me voy de su casa sin las llaves de mi piso, pero con Asimov en la mano y una firme promesa: las plantas ni siquiera notarán mi ausencia.

Siete y media de la tarde. Suena el teléfono. Reconozco su voz inmediatamente, aunque parezca más ansiosa que de costumbre.

–¿Cómo estás, Hari Seldon?

–¿Qué dices? Soy yo, Juan Carlos.

No me había equivocado, el libro nunca había sido abierto.

Finalmente prefiere pasar por casa al salir del trabajo. Ilusionada, lo espero ligera de ropa, pero cargada de perfume y abalorios presuntamente eróticos. Parece no verme. Está enceguecido por la excitación, entregado por completo a la puesta en escena de esa misteriosa comedia en la cual soy al parecer la protagonista principal, aunque desconozca los detalles del papel que me han adjudicado. Pretende que me quede en casa fingiendo no estar. Que me esconda en el cuarto de baño con las luces apagadas y espere su llegada. Repite lo del juego inocente, lo de la agradable sorpresa que tiene preparada para mí, su muñeca. Lo beso en la boca. Sabe a whisky y se lo digo. Es una comprobación nada más, no hay crítica en ello. Se disculpa y corre al cuarto de baño sin terminar de oírme. No ha tenido tiempo de cepillarse los dientes; debo disculparlo, darle unos segundos, al menos se enjuagará la boca para quitarse el rastro de los pocos tragos tomados en la oficina a lo largo de una estúpida reunión de negocios. Lo sigo. Está de pie frente al lavabo, preocupado solamente por su aliento alcohólico. Me arrodillo ante él. Antes de desabrocharle la bragueta, cojo su paquete con las manos, beso la entrepierna, paso mis mejillas lenta y suavemente por sus muslos.

—Por favor, nena. Quédate quieta.

Me encanta meter la mano allí, por la bragueta abierta, entre los botones desprendidos y, sorteando camiseta y camisa, buscar otro tajo en la tela de sus calzoncillos por donde introducirme, hasta encontrar el trozo todavía dócil de carne sudorosa, para, como si se tratara de modelar arcilla, hacerlo crecer entre mis dedos.

—Nena, por favor, no sigas. No me he duchado desde la mañana.

El muy ingenuo piensa que puede importarme la ligera, seguramente imperceptible, suciedad de su cuerpo. Pese a sus reiteradas negativas, aprovecho el instante en que, después de una meticulosa higiene dental, se enjabona las manos, para sacarla fuera de su escondite y metérmela hasta los pendejos en la boca. Tira la pelvis hacia atrás, me esquiva.

—Lo estropearás todo.

Le juro con los ojos que no estropearé nada, que sólo quiero sentir cómo descarga el tibio semen sobre mi lengua árida, desértica.

Me coge por los hombros, me levanta, me da una palmada cariñosa en el culo y, devolviendo a su guarida lo que un segundo antes yo tenía entre las manos, escapa corriendo hacia la puerta.

—Ya habrá tiempo para eso luego. Si te portas bien, te dejaré jugar con ella toda una noche.

Yo no quiero promesas de futuros banquetes, tengo hambre ahora. El, inexorable, sólo ofrece palabras.

—Recuerda. A las diez en punto apagas las luces, te metes en el cuarto de baño y cierras la puerta. Te lo juro: no te arrepentirás.

He sido obediente. Son las nueve y cuatro minutos y estoy en el cuarto de baño con la luz apagada, esperando que algo suceda. Escucho ruidos en la puerta de entrada, voces. Dejo de respirar para oír mejor. Me encuentro ansiosa, temblequeante, sin saber qué hacer ni a qué atenerme. «Es sólo un juego, es sólo un juego, es sólo un juego...» Aunque lo repita cien veces no llegaré a creerlo. Alguien se acerca a mi escondite. Me oculto en la bañera cerrando las cortinas y reconozco la voz de Juan Carlos, acercándose hacia donde estoy. Termina la frase ya dentro del cuarto:

—... es sólo un momento.

Oigo el clac de la puerta al cerrarse. Enciende la luz. Su mano aparece de pronto entre las cortinas de plástico, planea resueltamente hacia donde estoy, y, metiéndose entre mis piernas, escarba en mi vagina desprotegida, sin bragas y sin pelos.

—Te portas maravillosamente bien. Dejaré la puerta entreabierta. Ten cuidado, pero no te pierdas detalle.

Es su sombra la que habla. Me descubro haciendo un gesto de asentimiento con la cabeza, como si pudiera verme. Apaga la luz, sale, y yo abandono sigilosamente mi escondite. Oigo cómo una mujer se ríe feliz en la cocina. Me siento ridícula. Asomo un poco la cabeza y logro verla: es su mujer, sin duda alguna, y, a sus espaldas, El hace extraños movimientos con los brazos, las caderas, la cintura. Una extraña danza, pienso. Finalmente la arrastra hacia el salón cogiéndola por el vestido y descubro su bragueta abierta, el sexo afuera, pesado y pendulante.

—¡Estás loco! No podemos hacer esto en una casa extraña.

Ella, sin convencimiento, lo reprende. Es evidente que en su voz hay cierto desconcierto, algún pudor, pero también una alegría auténtica, casi infantil, por el interés que ha despertado súbitamente en el hombre. El está cogido a su trasero, las piernas muy abiertas, calzándole el ahora rígido travesaño entre las nalgas, moviendo las caderas en redondo. Oigo un tam-tam lejano y le quito importancia. Sé que es mi cabeza.

—Ven aquí —dice El acercándola a la lámpara—, quiero que me la mames a la luz.

—Por favor, aquí no. Vamos a casa... podría llegar alguien.

La detesto. Sé bien que se muere por hacerlo. Coquetea.

—No hay de qué preocuparse... He cerrado con llave y he puesto las trabas. Chúpamela.

—No puedo hacerlo en esta casa... te lo juro.

Lo veo crisparse, cogerla del brazo con

fuerza. Al fin, harto de pedir, exige. Yo dejo de pensar. Soy un par de ojos curiosos, unos oídos alertas, una sensación indefinible en el estómago. Por lo demás, he olvidado que tengo cuerpo. Veo cómo la obliga a arrodillarse frente a él; oigo cómo ella suplica, poniendo diferentes excusas: habla de los vecinos, de las plantas, de mi demostración de confianza al dejarle las llaves, de la cantidad de tiempo transcurrido desde la última vez que El le pidió aquello, de este capricho inesperado.

—¡Cállate de una vez, idiota! —Tiene el brazo de la mujer absolutamente torcido, la muñeca derecha apretada con fuerza contra su cuerpo—. ¡Que me la mames, te he dicho!

Con ella es duro y brutal, pero, cuando mira hacia el lugar donde me ha dejado, sonríe satisfecho. Es un juego, sí: el juego de las humillaciones compartidas. Ella, finalmente, obedece. Quizá temerosa de un castigo más severo, mete sin más protestas el pesado miembro —que otra vez ha perdido su dureza— por completo en su boca, moviéndolo dentro de un lado a otro, puerilmente, como si se tratara de un caramelo exagerado. Sin embargo, lo que la mujer ha comenzado como una tarea indeseable, llevada a cabo de una manera deslucida y mecánica, pasa a ser, un instante después, una desesperada succión, una búsqueda voraz, la frenética inmersión en un placer largamente esperado. El afloja poco a poco la presión del brazo hasta soltarlo, y ella, liberada, responde a la confianza y, lejos de escapar, se abraza a las piernas de su dueño, intentando que lo que lleva dentro de la boca, ya crecido, no escape de sus fauces. Parece conocer muy claramente que entre el total y el casi todo hay sólo un paso, el de la náusea. Decidida, lo da y, al hacerlo, se le quiebra la espalda, corcovea, se le oscurece la cara, produciendo unos ruidos cavernosos, subterráneos. Se diría que la mujer arrodillada tiene entre los dientes un animal cautivo, herido, luchando por salvarse. Cuando, ganada al menos una primera batalla, el preso se ve liberado de su celda, su apariencia es espléndida. Semeja un monumento mórbido de una sola pieza, envuelto en brillos y humedades; un monolito palpitante. La mujer, exhausta, derrotada, lo observa de rodillas, sin atreverse a hacer ni un movimiento.

Es finalmente él, el instrumento, el que se acerca de nuevo hasta la boca que lo mantuvo preso y, apoyándose en los labios firmemente cerrados, los recorre con una suavidad insospechada en un cilindro de tal envergadura, pareciendo incitarlos a abrir las rejas nuevamente para así volver a encarcelarlo.

Un instante después, la delicada lengua femenina se pasea otra vez por el descomunal engendro, desde el glande satinado hasta los huevos, jugando con cada elemento, recorriéndolos: repta hasta la cúspide y se introduce en el pequeño orificio buscando dentro vaya a saber qué cosa, vuelve a subir por los costados, rodea la cabeza ruborosa, avergonzada, se desliza nuevamente hacia la pelvis, friega el escroto con firmeza, como si quisiera limpiarlo. Sus manos, mientras tanto, recorren las piernas ligeramente arqueadas, se instalan en los muslos, insisten en bajar un poco más los pantalones; acarician las corvas, sortean las rodillas; tratan de llegar, furtivas, silenciosas, al ano oculto entre las nalgas contraídas.

—¡No vuelvas a hacer eso, estúpida!

La ha empujado lejos de sí con tal violencia, que ella cae hacia atrás golpeándose la cabeza contra uno de los sofás, recio e inconmovible pese al color insustancial de arena húmeda. Escucho los gritos y las risas de dos niños, insultos, botellas que se rompen, un sonido en la frente. Caigo de espaldas, como la otra, sintiendo deshacerse debajo de mi cuerpo mis sueños infantiles, mis castillos y princesas. El se agacha hacia ella. Supongo que, arrepentido, ha decidido auxiliarla. Me equivoco. Le coge las piernas por los tobillos, le da la vuelta. Veo cómo levanta el vestido y le rompe de un tirón las bragas, dejando al aire el culo, sonrosado y flojo. Cuando vuelve a ponerse de pie para quitarse los pantalones, aprovecha el movimiento para brindarme una exhibición completa de su perfil erecto. Se ha dejado los calzoncillos puestos, con todo su brutal aparato asomando por la estrecha bragueta, y, luego de sobrevolar con una mirada rápida el lugar donde me encuentro, se escupe en una mano mientras con la otra rodea el grueso tallo por la base, con fuerza sostenida, para que el peso de ese fruto sonrojado que ha decidido lubricar parsimoniosamente no desgaje la rama. Luego, vuelve a agacharse sin ninguna prisa. Ella sigue en la misma posición que El la ha dejado. Clavada sin destreza al suelo de madera, con los brazos en cruz y las regordetas piernas encogidas, la cara vuelta hacia un lado, sin moverse, parece muerta, hasta el momento en que él, de un solo golpe, se la mete en el culo.

El grito es de dolor; el llanto, auténtico. Trata de escapar arrastrándose, como si estuviera herida, pero se ve aplastada contra el suelo por dos brazos poderosos, mientras la pelvis del macho adelanta y retrocede, cada vez con más fuerza, produciendo un chasquido indecente, de cachetada sobre lágrimas, al golpear contra las nalgas flojas. Suplica, pide, la mujer; y murmura por favor, dice dios mío, grita basta, mientras el miembro del hombre, poderoso y durísimo, penetra y sale, sale y penetra, una y otra vez, entre las dos redondas masas de carne blanda.

Durante unos minutos todo sigue igual, como si los tres, convertidos en piezas inseparables de un sofisticado artilugio, sólo pudiéramos repetir un movimiento único. Ellos, la cadencia pendular y rítmica, sonora; yo –sin vida propia, ausente de mí, fijada en ellos–, una agonizante respiración entrecortada. De pronto el vecino de arriba, el semental que compartimos, detiene el mecanismo, retrocede, se pone en pie, va hacia la luz y, exageradamente sorprendido, se señala el sexo con la mano abierta.

–¡Me has ensuciado, guarra! ¡Ahora tendrás que limpiarlo con la lengua!

La ha cogido por el cabello y, tirando de él como si fueran riendas, la levanta del suelo y la obliga a arrodillarse, haciendo que aproxime la cabeza a su entrepierna.

–Limpia, asquerosa, límpialo con saliva.

Ella lo mira, envilecida, y obedece. No es la misma mujer que invita a tomar café de Colombia en tazas de porcelana china, la que lee a Kundera y conoce a Monet. La veo repetir sin asquearse toda la ceremonia previa al enculamiento, aunque se diría que ahora el recorrido se ha hecho más rutinario, menos minucioso y exhaustivo. Estoy dispuesta a ir gateando hasta ellos e imitarla, convencida del goce que revelan sus jadeos, cuando en medio de mi fiebre veo la mitad de su cara iluminada por la inmisericorde luz de la lámpara halógena. No hay ningún placer en ella. Está descompuesta por el sufrimiento, llorando. Apoyo la cabeza contra los azulejos fríos. Me alivia. Repito la operación con los pezones –calientes como brasas–, con los labios resecos, con el vientre. De cara a la pared y de rodillas, me estiro hasta el lavabo, tratando de alcanzar un tubo sin usar de pasta dentífrica. Lo logro y, al hacerlo, caigo al suelo con las piernas abiertas.

Cuando el hombre de allí afuera, mi vecino, entre gritos de cerda, puta, guarra, estertores y movimientos convulsivos, eyacula con espesos borbotones sobre la cara de su esposa, retiro de mi vagina lacerada el improvisado pene.

Mi mano está mojada, llena de sangre.

Tú crees que me matas, yo creo que te suicidas.

Antonio Porchia, *Voces*

Quiero dejar de verlo. Pongo excusas, no atiendo sus llamadas a la puerta. Después de unos días, comienza a molestarme por teléfono a cualquier hora. Respira, gime, no contesta cuando pregunto quién es, pero deja oír cómo jadea, cómo pasa el auricular sobre botones, hebillas, cremalleras. Conozco la ubicación precisa de cada cosa, también lo que supone. A veces sé que está en la oficina, puedo imaginarlo: impecablemente vestido, sin rastro de barba; con una camisa de color muy suave, una corbata detonante, un aroma de moda envolviéndolo todo. Se perfuma de la misma manera que lo hacía su madre: un toque en las muñecas, otro detrás de las orejas. Una costumbre aprendida de pequeño y que nunca ha cambiado. Ahora mismo, mientras trata de excitarme con sus jadeos y sus respiraciones, seguramente tiene el aroma cerca de su cara, la muñeca pegada a la nariz precisa, fuerte, sin respingos de dama. Aunque parezca estar en celo, no hay cambio alguno en su expresión, nadie puede notarlo. Es una llamada más de un profesional ocupado, aunque una de sus manos, hurgando en el bolsillo del pantalón, jugando con las supuestas entretelas, lo desmienta.

Cada vez que suena el teléfono pienso que puede ser El. Ha logrado ocupar otro espacio de mi vida. Opto por dejar conectado el contestador automático todo el tiempo, aun cuando estoy en casa, quizás así deje de molestarme.

Al principio se repiten los sonidos primarios –respiraciones, gemidos, chasquidos con la lengua, algún orgasmo posiblemente fingido–, luego comienza a dejar grabado todo tipo de obscenidades e insultos, imágenes lascivas y humillantes. Se dirige a mí llamándome perra, cerda, yegua, estúpida, basura, estiércol, arrastrada y, por supuesto, puta. En este último apartado hay variantes divertidas, casi ingenuas: soy una puta de baja estofa, pero también la reina de las putas, la más grande. Lleva el aparato hasta el cuarto de baño para dejarme oír su orina chocando contra el fondo de agua, amenaza con mearme la cara, con hacerme tragar hasta la última gota en una copa de *champagne*. Cambio la voz, pongo un mensaje más impersonal. Aprovechándose de mis confesiones, insulta a mi familia: acusa a mi padre de cornudo, asegura que mamá, además de frígida, era lesbiana. Se caga en mis muertos como si fuera gitano; graba sus pedos, sus eructos, se muestra ante mí de la manera más abyecta. Una tarde ya no aguanto más, lo atiendo. Comienzo por decirle: «No seas asqueroso, deja de molestarme, no entiendo qué placer encuentras en todo esto». Jadea, oigo claramente cómo se masturba al lado del teléfono. Tengo los pezones tiesos; los dedos de una mano metidos en el coño, jugando con el clítoris. Pregunto: «¿Me escuchas?», y me responde un rugido tremendo. La Bella y la Bestia, imagino y, como ella, tiemblo y me encanto.

—¡Te voy a destruir! ¡Voy a comerte entera, hija de puta!

Su voz no es la misma de siempre. Brota desde un lugar profundo, llega hasta mí atravesando oscuros corredores encharcados, ciénagas de color rojizo, pegajosas telarañas y sórdidos pantanos. Grita tanto que me asusto de verdad y tengo que dejar el auricular sobre la mesa, huir hacia un rincón del cuarto, cubrirme de esas palabras que golpean para abatirme, como hachazos. Cuando descubre mi deserción vuelve a la carga, utilizando nuevamente los secretos de mi infancia, aquellos que yo, ingenuamente, le conté para acercarme, para que conociera algo de mi historia pasada.

—¡Ven aquí! —aúlla—. ¡Capona!

Es una cachetada en medio de la cara. Caída sobre las piernas, abrazando mi cuerpo para protegerlo de toda la basura que me tira encima, de toda la humillación que me provoca, escucho su voz, repitiendo una y otra vez la misma palabra, llamándome como lo hizo mi hermano cuando me vio desnuda, como lo hacía después mi padre, imitándolo, cuando se enfadaba. Rompo a sollozar, me cubro de dolor, de lágrimas. Soy poco más que una voz quejumbrosa implorando piedad, pidiendo por favor, diciendo basta.

Lo oigo reír, puedo verlo detrás de su escritorio: su peinado impecable, el traje bien cortado, ni un ligero rastro de barba. No puedo creer que me haga todo esto y que, al mismo tiempo, encaje en mis deseos.

Es un cerdo insensible, una basura. Seguramente lo que necesito.

El aire del deseo puro puede ser irrespirable.

Gennie Lemoine

Vuelvo a casa con los ojos rojos, la garganta áspera y los pies deshechos. Jamás hubiera imaginado encontrarme en el Ministerio de Hacienda –junto a una previsible cola de cien personas– al espectro risueño de Tristan Tzara. Carteles que ruegan no fumar por todas partes y, desmintiéndolos en una audaz jugada dadaísta, un estanco en medio del salón principal, inagotable proveedor de cigarrillos para las decenas de fumadores que aguardan, como yo, ser atendidos.

Mi casa, después de esa experiencia, es un oasis. Apenas cerrar la puerta, comienzo a desnudarme, pongo la tetera al fuego, abro el grifo de la ducha dejando que el agua corra prácticamente hirviendo (me encanta sumergirme en el vapor) y elijo como fondo musical de mi descanso una versión de *Los cuentos de Hoffmann* con la admirable Joan Sutherland y el inevitable Plácido Domingo. Es bueno estar en casa. Descubro con felicidad que la kentia ha decidido regalarme –tras varios meses de silencio– una hoja nueva, aunque de un verde amarillento, entristecido. Escribo en el panel de la cocina «comprar abono para plantas» y me meto en el cuarto de baño imitando los gorjeos del disco. Comienzo a enjabonarme. Tengo los pezones duros, muy sensibilizados, y decido investigar cómo reaccionan ante diferentes estímulos. Ensayo con la mano desnuda, un guante de esparto, otro de toalla y un sofisticado cepillo japonés de cerda muy suave. De pronto, y sin razón alguna, recuerdo un aceite que compré hace años en un viaje a Amsterdam: una aromática mezcla de almendras y canela que vendían los adeptos de un *guru* indio, presentándolo como afrodisíaco. Dejo ansiosa la ducha y, después de envolverme en una toalla recién comprada –blanca como siempre–, revuelvo los cajones hasta dar con la botella de vidrio ambarino y tapón de plástico. Compruebo, casi mecánicamente, dos cosas: una, no tiene fecha de caducidad; dos, nunca ha sido abierta. Voy hacia la cocina y preparo un té de jazmín en la pequeña tetera de hierro negro. «Aromas orientales», pienso, mientras la coloco sobre una bandeja, junto a un tazón —también chino— de porcelana, un pote de miel, algún cubierto y un plato con apetitosas fresas frescas. Suena el timbre tres veces. Juan Carlos.

Había ideado una gratificación solitaria, pero esta visita inesperada cambia totalmente mis planes. Sin dejarme ganar por la ansiedad o el desaliento, ni cuestionarme nada, agrego a la bandeja una taza más, una cuchara, y llevo todo hasta el salón, dejándolo en el suelo. El timbre vuelve a sonar tres veces. Con el picaporte en la mano, casi a punto de abrir, me miro unos instantes en el espejo del recibidor. Estoy totalmente desnuda, con el cabello húmedo recogido sobre la cabeza y los hombros salpicados de gotas brillantes de agua. Jamás me ha visto así. Cuando abro la puerta, orgullosa de mi plenitud, me dice: «¿Estás loca? Cierra enseguida, pueden vernos», y va hacia el dormitorio dejando caer parte de su ropa por el camino. Hubiera agradecido un beso apasionado, un comentario amable, algún piropo. Ni siquiera ha visto la bandeja con las tazas ni la toalla extendida sobre el suelo; menos aún el frasco con el aceite afrodisíaco.

—¡Ven pronto! —me grita desde el cuarto—. No tengo mucho tiempo.

Sí, señor. El tiempo es suyo, señor. Aunque, desgraciadamente para usted, yo tenía una idea distinta para mis próximos minutos, mucho antes de que usted entrara en escena con sus prisas y sus imposiciones.

El amo repite su llamado. No le contesto. Me tiendo en la toalla, sirvo una taza de té, agrego miel a los fresones y, de espaldas al cuarto donde el gran macho espera, comienzo a aceitarme el cuerpo lentamente, dispuesta a que enronquezca gritándome que vaya a su lado. Un manotazo brutal en la cabeza me hace soltar el frasco de aceite; todavía puedo verlo derramándose a borbotones, un poco antes de girarme y comprender qué pasa a mis espaldas. Está sobre mí, los calzoncillos y los calcetines puestos, los dientes apretados y un cinturón de cuero envolviéndole la mano, como para no dejar escapar de su puño la violencia que encierra.

—¿Te burlas de mí, hija de puta? ¿Todavía no me conoces? ¡Cuando te pido algo, quiero que corras, me oyes, que-co-rras a hacerlo! ¿No ves que he dejado mi trabajo por venir a verte? ¡Imbécil! ¿Quién carajo te crees que eres?

Aunque quisiera, no podría responderle. Me tiene cogida por el cuello con el brazo izquierdo, mientras con la mano que parece vendada por el cinturón de cuero tapa mi boca para que no grite. Estoy unida a él; sintiendo, junto al terror de no reconocerlo, cómo su miembro crece, se endurece contra la blandura de mi muslo y, finalmente, escapa desbordado por la amplia pernera de sus calzoncillos. Lo temo, lo odio, estoy rabiosa y excitada; mis sentimientos surgen todos a la vez, fundiéndose con el desconcierto.

Sin cambiar las manos de lugar, comienza a abrirse paso entre mis piernas presionando hábilmente con las suyas. Me hace perder el equilibrio. Caigo hacia atrás, desarbolada. Me suelta el cuello para poder cogerme de la cintura, y yo quedo con las piernas tan abiertas, tan descolocadas, que tengo que aferrarme a su torso clavándole las uñas. Cierra la mano sobre mi cara con tal fuerza que me duelen los dientes, y la hebilla del cinturón, que continúa rodeándole la mano, se clava en mi mandíbula. Suelto los brazos, relajando los hombros en un gesto guiñolesco; intento desmayarme, escapar de su cerco quebrándome hacia atrás con las piernas laxas. El pene –un aparato autónomo, un instrumento de un material distinto al de su cuerpo, inalterable en su rigidez y en su deseo –aprovecha mi momentánea distracción y se clava de un golpe en la vagina desprotegida, casi ajena. El dolor me la devuelve sin demora, colocándola otra vez entre mis piernas. Como no puedo gritar, abro los ojos. Necesito dejar escapar por cualquier sitio este sufrimiento enorme que El me ha metido dentro. Mi mirada se encuentra frente a un espejo opaco, neblinoso, que la refleja menos de un segundo. Es el espejo de sus ojos huyendo, desorientados y vacíos, sin sentimiento alguno. Su miembro se ha convertido en un inocente instrumento de tortura, indiferente a los daños que produce, ajeno a la mano que lo empuña. Es una apisonadora sobre un campo de hormigas, una máquina execrable, pero la rotación precisa, acompasada, rítmicamente exacta de sus caderas, me va moldeando el alma hasta sus límites, convirtiéndome golpe a golpe en una esclava devota, en su pupila. Siento las mejillas mojadas y un sabor amargo, muy salado, filtrándose en mi boca a través de sus dedos apretados y su furia, del cinturón de cuero que aún lleva en la mano. Conozco su ambición y su rudeza; sé que no cejará en el empeño de quebrar mis resistencias, que no se detendrá hasta ver todo su aparato dentro de mi pequeña vulva. Estoy laxa, débil, absolutamente entregada. Mis pies no tocan el suelo. El empieza a caminar hacia la cama, conmigo colgando de su verga como una vela de lienzo a la deriva. A cada paso, su pene penetra un poco más, me duele y satisface. Alguien canta *Une poupée aux yeux d'émail.* Busco desesperadamente su boca. Nuestras lenguas se encuentran en el aire, intercambian saliva, se disputan el privilegio de hurgar en el otro, se rechazan. Me tira sobre la cama, poniéndose de pie sobre mí con las piernas abiertas. Sus tobillos aprietan mi costado. Tiene los brazos cruzados sobre el pecho y sus muslos en tensión parecen a punto de explotar.

Me duelen los hombros y el cuello, y un áspero escozor en la vagina manda sus señales de socorro a todo el cuerpo; sin embargo comienzo a sentarme, buscando su verga con los labios entreabiertos. El, finalmente compasivo, la acerca a mi boca quebrando las rodillas, adelantando la pelvis en un vaivén obsceno de bailarín de feria. El glande está húmedo, brillante, enrojecido; su perfil me parece perfecto. Lo dibujo cautamente con la lengua –no quiero que se escape– mientras mi olfato va por otro lado, entretenido en la torpe persecución de ese extraño animal desconocido que ha dejado a su paso un rastro acre, dulzón y pegajoso entre los pliegues y el vello de su pubis. Mis manos, cerradas alrededor del sexo de mi hombre, no logran ocultar sus dimensiones. Lo muerdo suavemente mientras miro su cara, lejos de mi cara. Está tensa, los ojos semicerrados, la frente contraída. Es un león furioso, un caballo herido, un perro en celo, un hermoso gorila.

–¡Escúpeme! –le pido.

Saca la lengua, se humedece los labios, junta saliva, se agacha sobre mí con la boca entreabierta. Es un goteo cálido, una lluvia solar. El regalo de un dios piadoso. Me pongo de pie frente a él. Ahora soy yo la que coge sus caderas y lo obliga a entrar dentro de mí sin compasiones.

—¡Venga, no te pares! ¡Métemela toda!

No estoy loca. Sé muy bien lo que hago. Estoy pidiendo que me mate. Aferrada a él, sufro con distanciado placer el dolor agudo de los desgarramientos, dejándome llevar por sus caderas, que empujan las mías hacia atrás y adelante, hacia los costados, que me atraen y repelen, me modelan y, munidas de una vara brutal, se hunden en la carne como un cuchillo al rojo en mantequilla tierna; penetrando profundo: un bisturí sonoro, un sonido afilado, un ave carroñera, un taladro en la espuma, un orgasmo deshaciendo la tensión de mi cuello, permitiéndome sentir finalmente esta ligera repugnancia por el semen que me inunda y, excedido, se desborda chorreando por mis piernas, impregnándolo todo con el perfume vegetal, ligeramente ácido, de la fiera salvaje, enceguecida, que, con la cara hacia el techo, todavía me embiste.

Me he quedado dormida mientras El estaba en el cuarto de baño, duchándose. Desde el salón llegaba la voz de la Sutherland cantando aquello de *Elle a fuit, la tourterelle.* Ahora me despierto con música de Prince a todo volumen. No tengo ganas de bailar y, aunque quisiera, no podría hacerlo: estoy atada a la cama, boca abajo, por los tobillos y las muñecas. Grito «¡Juan Carlos!», y El aparece a mi lado con el tazón de fresas en la mano, masticando.

—No quería despertarte. ¿Quieres una fresa?

—¿Por qué me has atado?

—¡Ah, sí! Ya verás. Es una sorpresa.

—Oye, Juan Carlos, mejor lo dejamos para otro momento. Quiero ducharme.

—La señora es *muy,* pero que *muy* egoísta. Ya ha satisfecho sus bajos instintos y ahora quiere despedir al criado lo antes posible. Pero resulta, señora, que el criado tiene más ganas de juerga.

—Como broma ya está bien. Desátame.

—No creo que estés en condiciones de dar órdenes. Mira, mejor te comes unas fresas y disfrutas de la situación.

Está desnudo. Su pene, pesado, tiene puesto un condón. Se sienta cerca de mi cabeza y me acerca una fresa a la boca. Le vuelvo la cara, pero El la coge por el mentón haciéndola girar nuevamente hacia sí.

—Quizá prefieras un fresón... o un plátano.

—Estás poniéndote vulgar.

—Mira, ¿por qué crees que me he puesto un condón? Es un lujo, no creas: el más caro de los que hay en el mercado. Te voy a hacer el culo, nena.

—Estás totalmente loco. Oye: la que está aquí soy yo, ¿te has olvidado?

—No, en absoluto. Ahora puedo confesártelo: es algo que quiero hacer desde que te conocí. El trasero es lo mejor que tienes, ¿lo sabes? Mira: esto que ves aquí, con su disfraz de lujo, se va a meter entero en el culito de la nena, ¿qué te parece? No me dirás que no está hecho a la medida de tus necesidades.

El tazón de fresas abandonado sobre la cama se vuelca cerca de mi cara. Empuña su verga como si fuera un arma de combate, cogiéndola con las dos manos por la base del tronco, y, balanceándola de arriba abajo, la acerca a mi boca. Yo la cierro apretando los labios, y el recuerdo infantil de una cuchara sopera rebosante de féculas humeantes se confunde con la visión desenfocada de su miembro, todavía no totalmente erecto, golpeando sobre mis labios, mis pómulos, mi cuello, mis orejas; sistemáticamente, como si en cada uno de los golpes lograra transformar, con una extraña alquimia rítmica, la mórbida carne en hueso seco. Un momento después, está detrás de mí, a horcajadas sobre mi espalda, siguiendo con la particular exploración sonora de mi cuerpo. Parte de las fresas se han convertido en un puré sanguinolento sobre las sábanas, esparciendo a mi alrededor un perfume ambiguo que encuentro similar al de la canela. Tardo en darme cuenta de que los aromas se confunden: ha abierto el frasco de aceite afrodisíaco y está rociándome la espalda. Dentro de mí hay un combate fragoroso entre mi sensualidad y las convenciones. No puedo aceptar este abuso infame, esta violación de todos mis derechos, aunque mi sexualidad, complacida en burlarse de mis principios, demuestre físicamente su estrecha complicidad con el invasor. Sólo puedo gritar. Cuando lo hago, utiliza el cinturón como lazo alrededor de mi cabeza y me amordaza. Siento el gusto amargo, sobado, del cuero en la boca, y comprendo que no tengo escapatoria, que El hará conmigo, y con mi cuerpo, lo que más le plazca.

Cuando me muestra sus dedos aceitados, anunciando que me los meterá en el culo, decido abandonar la lucha y relajarme, comenzar a concentrarme en el dolor. Procuro vencerlo imaginándolo anticipadamente. Oigo su respiración enfebrecida, sus bufidos de fiera acorralada, y no comprendo. Se diría que el amordazado es El; El el violado, el golpeado, el arrasado. Lo oigo mascullar a mis espaldas. Supongo insultos y frases humillantes en esos sonidos incoherentes donde apenas llego a descifrar palabras como ojete, romper, sangre, chillar, cerdo. Tiene los dedos juntos y aceitados, y empuja con violencia para introducirlos en mi ano contraído, sin importarle en absoluto el daño que pueda producirme. Al ver que la entrada es más estrecha de lo que había imaginado, me pega cachetadas en la espalda, me pellizca los muslos, gritando al mismo tiempo «¡Abre, abre, abre!» mientras yo, vencida, comienzo a facilitarle el camino para que los destrozos no sean excesivos.

—Fíjate bien... esto que se apoya suavemente en tu trasero es una polla... la cabeza de una polla... Está jugando en la entrada de tu culo... Ves, así, lentamente, te tragarás todo este pedazo por atrás, como te gusta...

Si el dolor no fuera insoportable, podría tolerar la humillación y hasta gozarla.

—¿Sabes que es muy grande, verdad? Sí, lo sabes muy bien. Es un fenómeno. Desde pequeño fui siempre el más dotado... Y el más envidiado también, por qué no decirlo... Si no hubiera tenido escrúpulos, me hubiera hecho rico sin dar golpe. Bueno, dando golpes con la polla, así, como un rematador. ¿Te imaginas? A ver, ¿quién da más...? No, no te asustes, para ti el servicio todavía es gratis. Pero, eso sí, tienes que cerrar la boca y, cuando yo te diga «ya», relajar bien el culo. Sin casi darte cuenta te la habrás tragado toda, así, como si nada...

Algo se ha roto allí detrás, estoy segura. Sólo de esta manera puedo comprender un dolor tan agudo, tan profundo, absolutamente diferente a cualquier otro dolor que haya conocido antes. No puedo hacer nada más, todo me da igual. Apoyo la cabeza sobre los restos sangrantes de las fresas y comienzo a contar sus embestidas: ... quince, dieciséis, diecisiete... No puede faltar mucho. En algún momento unirá su semen a mi mierda, se asqueará de mí, me dejará escapar.

Mañana tengo que comprar abono para plantas.

Némesis

El machismo es básicamente hortera.

Felisa Pinto, bar Velódromo, Barcelona,
octubre de 1991

Le pregunto si conoce el tamaño de su miembro. Se ríe con suficiencia, cómplice de sí mismo, de un hermético secreto masculino que jamás me será revelado.

Insisto.

Nunca se ha preocupado por medírselo —alza los hombros—, pero siempre le han dicho que tenía un aparato anormalmente grande. «¿Quiénes?», preciso, «¿quiénes te lo han dicho?» «Mucha gente», contesta. «Las mujeres, los compañeros del colegio, los amigos del barrio...» Me extraño ante esa confesión inesperada: «¿Hombres? ¿Homosexuales quizá?». Se indigna; según El, soy como todas: «Una estúpida celosa que ve maricones por todas partes». Podría desmentir el concepto, jurar por mi inocencia, pero me callo y voy hacia la cocina, de donde vuelvo casi inmediatamente, blandiendo un metro metálico reción comprado. Me mira con sorna, mientras dice: «¿Eres una perversa, sabes?». Le aclaro que sólo es un interés científico y, muy educada, pido permiso para proceder a la medición de su aparato.

Está en el sofá, impecablemente trajeado, como siempre que vuelve del trabajo. Se afloja el nudo de la corbata floreada y, sin poder contener una sonrisa de satisfacción casi infantil, descruza las piernas, dejándolas caer mecánicamente, por su propio peso, hacia los lados. «Está muerta», miente. Lo estaría hace unos segundos, pienso yo, mientras hago apuestas conmigo misma sobre la velocidad de su erección. Cuando, de rodillas en el suelo —se diría que imitando a una piadosa comulgante—, desabrocho el último botón de su bragueta, su miembro, erguido, ya ha escapado de los calzoncillos y se esfuerza por ver la luz, como si se tratara del muñeco de una caja de sorpresas presionado a saltar por un resorte. Está tan duro como yo suponía, coronado por una gota de esperma impaciente, deseoso de ser aplacado. Lo libero del encierro cogiéndolo con ambas manos, y una voz lejana y masculina —¿la de mi tío Ernesto?– reaparece de pronto, sonando dentro de mi cabeza como un eco. «No le temas», me dice, «no pica.» Me tocan en la cara y vuelvo del pasado. Mi vecino se ha dado prisa por sacar el resto –una pequeña bolsa de piel más oscura donde se destacan con toda claridad sus huevos, dos pelotas del tamaño de una nuez californiana–, absolutamente convencido de que todo es una excusa y que estoy dispuesta a procurarle un tratamiento especial de garganta profunda. Lo miro hacer, con una sonrisa comprensiva en la cara y el metro metálico en la mano derecha. El continúa poniéndose cómodo: desabrocha el cinturón trenzado de cuero crudo, bajándose los pantalones y los calzoncillos más allá de las rodillas. Se muestra tan encantado con el desmesurado muñeco que tiene entre las piernas que podría pensarse que nunca lo haya visto antes. Desliza una mano, acariciándolo con una ternura que yo desconozco, que nunca recibo; lo sopesa, lo mima, dibuja lentamente el contorno del glande –una palabra golosa, que parece dicha por un niño obeso con la boca llena– empleando para hacerlo ese dedo que ha ensalivado antes. Luego, con una expresión en la cara que podría enamorarme si no la conociera, lo pone en movimiento, haciendo que ejecute ridículas reverencias dedicadas al público que yo represento. No le presto ninguna importancia y, acuclillándome entre sus piernas, con las rodillas debajo del sofá donde está sentado, me dedico a medirlo. Para hacerlo, coloco la punta del metro en la base de la verga y, luego de separar los huevos dentro del escroto, cojo todo el conjunto entre mis manos y le pido al objeto de mi estudio que me ayude, extendiendo la cinta metálica.

—Casi veintiséis —digo, asombrada por la constatación de una evidencia.

El me mira orgulloso y, humedeciéndose los labios con la lengua en un chabacano gesto de lascivia, me pregunta:

—¿Crees que te alcanza?

Más que eso: nunca consigo tragármela entera sin que me produzca náuseas.

> Si una mujer no traiciona, es porque no le conviene.
>
> Cesare Pavese, *El oficio de vivir*

«Este es *mi* juego», le digo. Luego de una negativa inicial, apresurada, consigo convencerle de que aleje a su mujer de la casa durante unas horas. Es relativamente fácil lograr que me complazca. Insisto en la tácita deuda que había contraído conmigo cuando acepté sus juegos; argumento que, aunque tuviera toda la razón y sólo fuera un capricho femenino más, inconsistente, El puede otorgármelo, casi como un regalo final, de despedida.

En el mismo momento en que termino de decirlo, lamento absolutamente haber hablado. Pretendía que el adiós fuera simple. Es El quien insiste en complicarlo. Me llama imprevisible y loca, pidiéndome un sinfín de explicaciones, como si yo, pobre ilusa, fuera parte de sus propiedades. No obstante, puedo comprenderlo: está confundido, tiene miedo, no puede creer que yo me aleje de su vida.

Es tal su vanidad, su egocentrismo, que jamás admitirá que ni siquiera lo abandono, solamente me voy.

Viene a comunicarme el día en que su mujer no estará en casa. No me interesa conocer las mentiras a las que recurrió para lograrlo: cuanto menos sepa de su relación con ella más fácil será seguir adelante con mis planes.

—Eso sí —me asegura—, de regalitos de despedida, nada.

Desde que le dije que pensaba terminar con nuestra relación —en realidad con nuestras camas— y marcharme de su vida y también de esta casa, teme mi abandono, pregunta insistentemente si he cambiado de opinión, si veo con claridad la tontería que pensaba cometer —habla en pasado para asegurarse de que he desechado la idea para siempre—, si he tomado conciencia de lo mucho que El me hace falta.

Su conocimiento sobre mí es nulo, y sus opiniones sobre el sexo femenino se basan en dos o tres frases que aprendió en sus primeros años, seguramente oyendo a su padre, un funcionario de Aduanas retirado en Lloret de Mar, Girona. Está convencido de que la *donna é mobile*, y esto le basta para relacionarse con todas las mujeres.

Pero ahora, después de un primer movimiento en falso, ya no contesto nada, no insisto con la sinceridad. Detesto sus lágrimas encubiertas de ironía, sus lloriqueos disfrazados de prepotencia, ese débil espíritu insensible escondido tras un trabajado caparazón de músculos.

Cuando una mujer tiene inclinaciones doctas, hay de ordinario en su sexualidad algo que no marcha bien.

Friedrich Nietzsche, *Más allá del bien y del mal*

De pie en medio del salón, miro a mi alrededor, deteniéndome en cada mueble de la casa, en cada uno de sus rincones, en cada cosa que me rodea. Es una despedida silenciosa. Las maletas –modestas, llenas con lo indispensable– esperan cerca de la puerta. He descartado todo aquello que pueda pesar en el traslado. No quiero pequeños objetos cargados de historias sin sentido, ni pesados monumentos funerarios. Me basta con llevar en la memoria algunos pocos recuerdos de la infancia. Todo lo demás quedará aquí, cambiará de manos en pocas horas, adquirirá significados diferentes. La enorme cama será solamente eso, una enorme cama con colchón elástico y sábanas comunes de algodón y poliéster. Sin metáforas. Libre de historias anteriores, de cargas sentimentales, de anécdotas pueriles. En el fondo del cubo de la basura, bajo recibos viejos y papeles inservibles, quedan mechones de lo que fuera mi melena. Me he cortado el cabello, cambiando su inexpresivo color arratonado por uno más violento; llevo las uñas al ras y sin pintura; calzo unos cómodos zapatos sin tacón. Parezco quince años más joven, y hasta yo misma creo que lo soy. Mañana estaré en un lugar diferente y seré distinta. Viviré otro personaje, comenzaré una novela diferente. «Una mujer substancial...» Mirándome al espejo, lo repito en voz alta una y otra vez, variando el tono, el ritmo. Separo las sílabas y contemplo encantada las formas que adquieren los labios, «mis» labios. No volverá a tenerlos. No volverá a meter jamás su sucio sexo entre ellos. Ahora me pertenecen, los he ganado para mí, los cuido.

Pienso preparar un bolso pequeño con todo mi atrezo. No irá conmigo, por lo que poco me importa su estética; sólo necesito que sea práctico. Tengo todo dispuesto y numerado sobre la cama, junto al guión que me servirá de guía. Nada será espontáneo. He repasado una y otra vez cada detalle hasta quedar conforme con el posible resultado, y ahora miro satisfecha desde la puerta del cuarto la precisa utilería de esta comedia bárbara, el cuidado vestuario de mi personaje. El espejo me devuelve una imagen desconocida. ¿Soy realmente yo esa mujer morena, de pelo corto, delgada y nerviosa? Aunque no lo fuera, tendría que acostumbrarme a su presencia: no sé por cuánto tiempo, pero desde hoy irá conmigo. El ruido del agua llenando la bañera me tranquiliza. Vacío dentro el resto de un frasco de sales y, mientras juego en mi cabeza con las palabras azul, índigo, añil, mediterráneo, reviso nuevamente los objetos numerados. Temo olvidar alguno. Mi ropa despoblada, con las piernas quebradas, yace cerca de la cama, sobre una silla. Espanto con un rápido movimiento de cabeza la palabra muerte, que, luego de planear sobre mí, desmesurada, con las alas abiertas, choca como un pájaro ciego contra el techo y las paredes del cuarto, salpicándolo todo con perfumes de féretro. Abro las ventanas y, una vez alejado el fantasma, vuelvo a mirar la ropa que me espera en la silla: es sobre todo cómoda, fácil de poner y de quitar; un vestuario muy funcional para una puesta en escena comprometida, de la que además soy autora y primera actriz. Aquí no habrá críticas ni público, pero me siento llena de excitación, temor, inseguridad, gozo, como si esta función única y privada tuviera lugar frente a miles de personas. La bañera está llena. Cierro el grifo y dedico unos minutos a estirarme. Me acuno sobre la espalda, hago girar los tobillos, presiono la planta del pie, muevo la cabeza describiendo círculos, de izquierda a derecha y de derecha a izquierda, me relajo. El agua está muy caliente. Entro despacio, dando gritos cortos para soportar el encuentro casi doloroso con mi cuerpo, fantaseando con la posibilidad de disolverme entre estos vapores aromáticos. Descanso la cabeza sobre el borde de la bañera, inesperadamente frío. Podría dormirme así, no despertarme nunca, permanecer en esta misma posición hasta que me encontraran –quizá mucho después– hinchada y maloliente, con la piel azul, violácea, la boca hacia un lado, abierta, sacándoles la lengua. Los vecinos se juntarían alrededor de la bañera, con los brazos cruzados sobre el pecho, las manos cerca de la cara tratando de tapar una sonrisa involuntaria; comentarían circunspectos el hecho ante alguna cámara de televisión, lamentando aquella muerte absurda, inexplicable; se mostrarían apenados porque esta mujer que ahora parece azul, todavía joven, casi apetitosa de tan inflada, en fin, esta vecina tranquila y silenciosa, hubiera muerto así, de una manera estúpida. Grito una y otra vez para asustar a la misma pájara de antes, rumorosa y aleteante, que aparece nuevamente a molestarme, apenas disfrazada de angustia. Quiero espantarla fuera de este cuarto, lejos de mí; bicho de mal agüero, furtivo y depredador. Me huelo la piel: lavanda fresca, manzanas, pinos, humedad caliente. No hay ni el más mínimo olor a cementerio. Vacío sobre mis hombros medio frasco de gel y otro tanto de champú sobre el cabello; me enjabono de pie, mirando hacia adelante, donde está el espejo y la mujer que quiero ser, la que huye sin remordimiento del pasado que la tienta con nombres antiguos y palabras vagas. Sé que pretende distraerme con melancolías para que gire la cabeza y me vea convertida para siempre en una estatua de espumas fragantes, una mujer de Lot publicitaria.

Abro el grifo de la ducha. El agua fría me golpea brutalmente. Cierro los ojos y escucho, entre el sonido de la lluvia, la voz lejana de mi madre, llamándome. Tengo quince años, el cuerpo aterido y la ropa mojada; también mucho miedo. Otro cuerpo, más grande que el mío, se pega a mi costado, chorreando, y una mano de hombre con olor a tabaco y a semen me tapa la boca, mientras el viento desgaja la rama de un árbol arrojándola a nuestros pies como un presagio. Siento de nuevo ese agudo dolor entre las piernas. Prefiero olvidarlo. Me envuelvo en una gran toalla y, dándome ánimos, me friego con fuerza, antes de secarme lenta y meticulosamente. Tengo esencias florales para perfumarme: aceites de prostíbulos, dulces, penetrantes y embriagadores; aromas nuevos que evocan pecados antiguos de esclavas de la carne pagadas con dinero. Me satisface el disfraz. Me calzo unas zapatillas chinas de tela negra satinada, sobre unos calcetines blancos, de hilo, también chinos. No reconozco mis pies. Acostumbrada a los zapatos de tacón, a no ser mujer sin ellos, casi no puedo moverme a ras del suelo. Tendré que aprender rápidamente. Salto, giro, tarareo una canción de algún verano adolescente; la bailo. Me siento ligera, de vacaciones, joven nuevamente, despojada. Nada me ata a este lugar ni a ningún otro. Dentro de unas horas, cuando todo haya acabado, podré elegir el camino a tomar, la ciudad que más me guste, el idioma que prefiera. Soy, seré, auténticamente libre.

Ahora que me gusto un poco, que he comenzado a enamorarme de mí misma, quiero echarme una última mirada. La niña del tío Abelito, tímida y bobalicona, siempre pendiente de los ojos cercanos, de los comentarios ajenos, de la opinión de los demás, ha dado —como si fuera un aventurero valeroso o algún mercenario distraído— un paso al frente, un salto sin regreso, en el vacío.

A partir de hoy, podré hablar en la mesa, madre. Podré llevar la bandera, señora directora. Podré levantarte la voz, papá. Podré decirte, tío Abel, que te quiero más que nunca. Ahora entiendo el mensaje perdido y el porqué de tu vida, la razón de esa muerte sin razón alguna. Tu desaparición fue como un enigma hermético que no pude descifrar durante años. Ante el misterio sin respuestas de una ausencia dolorosamente encarnada, preferí no sufrir, olvidarlo todo: la suavidad de tus manos, tus cálidos abrazos, tus caricias silenciosas. Hoy puedo rescatarlas sin herirme, porque sé que fuiste el mensajero transitorio de una forma distinta de decir, desconocida; el esbozo fugaz de un lenguaje sin palabras, lleno de sangre y fuego, con sonido de alas.

Suena el timbre. Es El que viene a buscarme, anunciando que su mujer ya se ha ido. Aún hoy, y aunque ya no me interesa, sigo sin entender su distraída manera de mirarme. Ni el nuevo color de mi cabello, ni la ropa que llevo puesta, tan inusual en mí, han llamado su atención; nada ha merecido ni el más mínimo comentario por su parte. Soy solamente el marco decorativo, y absolutamente prescindible, del sumidero donde arroja sus pasiones.

> Me dejo persuadir por estos testimonios: estos niños pequeños que lloran su degüello y sus carnes asadas, gustadas por su padre.
>
> Esquilo, *Agamenón*

El principio del fin: estamos en su casa. En este hogar modelo reina la limpieza, el orden. Nuestros pies no dejan marcas en el suelo, brillante como los azulejos; las cortinas y los tapizados lucen impecables, sin rastro de manchas; todo huele a pino, a lavanda, a rosas sintéticas y a lejía pura. No hay posibilidad alguna de contagio en este ambiente aséptico. Todo está controlado por diminutos, minuciosos guardianes invisibles. Absolutamente muerto.

Comienza a llevarme por la casa como un guía turístico, sin interés, sin ganas, convencido de que a mí puede importarme que El tenga ordenador personal, cuatro vídeos, dos teléfonos inalámbricos, un horroroso dibujo de Subirachs, toallas de todos los colores, fax, lavavajillas, una cortadora de fiambres, una silla con orejas de ratón, zapatos italianos, whisky escocés, condones. Me doy por enterada. Lo tiene todo, sí, hasta una amante.

Ella ha dejado comida preparada en el microondas y una nota anunciándolo, cogida con un corazón imantado a la puerta de la nevera. Veo cómo la estruja casi sin leerla. Parece avergonzado.

—A veces se porta como si fuera mi madre...

—Llámala Yocasta —digo yo, poco imaginativamente.

—¿De qué estás hablando? —Y, sin esperar respuesta, se va hacia el dormitorio.

—Oye —le grito—, ¿tampoco conoces a Némesis?

Tarda un rato en responder:

—Detesto ese tipo de música.

Se ha quitado la camisa. Ya sin convencimiento y para mis adentros, repito que su torso es espléndido, mientras El me pregunta:

—¿Piensas quedarte todo el tiempo con ese ridículo maletín en la mano?

Le respondo con un no distraído.

—Entonces déjalo.

No le hago caso y le doy la espalda, entretenida con una revista *Hola* que encuentro encima de la cómoda.

—¿No quieres besarla?

Cuando me vuelvo se ha abierto la bragueta, sacando afuera todo su orgullo masculino, huevos incluidos.

—Antes tengo que ir al aseo —le digo sin moverme un centímetro del lugar donde estoy.

Aún me encanta. Me he quedado mirando cómo la sopesaba entre sus manos, corriendo el prepucio para dejar el glande al aire, trazando círculos, como si aquel compacto ariete fuera un lazo corredizo y yo su presa fácil.

Sigo con la maleta en la mano. Soy una pasajera indecisa ante un cruce de caminos, dividida entre necesidades y deseos. Mi mirada lo excita, como siempre, y yo, encandilada nuevamente por su miembro, perdida la capacidad de raciocinio, recuerdo aquel poema sobre la melancolía que aprendí de memoria en el colegio de monjas:

La veo crecer, desmesurada,
y dejo escapar,
entre suspiros,
el hilo argumental que me guiaba.

El adelanta y retrocede la pelvis, llamándome. Unos segundos después, guiada por un viento silencioso, por una brisa apenas perceptible que me arroja a sus pies, desprendida de mis férreas convicciones, me encuentro de rodillas en el suelo, mirando hacia lo alto con la boca llena. Tiene los brazos cruzados sobre el pecho. No sonríe.

—Cuidado con los pantalones —me dice—. Acaban de salir del tinte.

Quedo satisfecha y a la vez asqueada. No me atreví a tragarlo en su momento y ahora mi mano es un cuenco lleno de semen. Para abrir la puerta del cuarto de baño he tenido que usar los codos, haciendo malabarismos con el maletín del que aún no me he desprendido.

Lo miro a través del espejo: sigue en

medio de la habitación, con el miembro tan erecto como si nada hubiera pasado. No puedo evitarlo, me calienta.

Ignora que lo observo. Se quita los pantalones y los dobla con mimo, colocándolos en una percha que cuelga en el armario. Mira a su alrededor sin mirar nada y, cuando finalmente cree estar seguro de que no hay testigos cerca, se pone de perfil frente al espejo, admirándose. Su intimidad me asusta. Lo desprecio.

Dentro de mi cabeza hay un ruido sordo, de combate. Necesito salir de la penumbra. Enciendo la luz de pronto, enfrentándome al espejo. Me reconozco, no me asombro: la que desea soy yo, la misma que desprecia. Acerco la mano a mi cara sin mirarla, para sorprenderme nuevamente con el olor del semen, cáustico y salvaje. Mi lengua se aproxima a esa densa bebida que conservo en la palma, se sumerge en ella y, decidida, la arrastra hacia la boca. Hundo también los labios; necesito gozar sin alharacas de la baba viscosa que cuelga de mis dientes, de mi puerca imagen espejada: los ojos laxos, semidesnuda, extraña ante mí misma. «¡Golosa!» Es un piropo obsceno para la mujer que mira desde el cristal de enfrente, la misma que, sacando su lengua hasta el exceso, limpia de mis manos, con minuciosa pulcritud, los últimos rastros del esperma que un momento antes casi despreciara.

—¿Me dejas mear?

No me daba tregua. Allí estaba nuevamente: siempre guapo, siempre varonil, siempre dispuesto; conservando los calcetines como única vestidura y el pene aún erguido, precediéndolo, como si fuera el arma desafiante de un guerrero infatigable.

—Por supuesto que sí, pero ¿podrás?

¿Cómo puedo pensar en destruirlo y al mismo tiempo seguir con mi deseo intacto? Nunca podré liberarme de su influjo; tengo ganas de El constantemente y El lo sabe; por eso, aun cuando trata de conservar ingenuamente la seriedad circunspecta de un hombre maduro y responsable, una risa burlona no abandona su cara.

—¿Me lo dices porque está dura? Cuesta

un poco, quizá, pero es posible. Sobre todo si tú quisieras ayudarme...

Ha vuelto a cogerla con la mano, repitiendo el ritual del pesaje y el giro. Esta vez, sin embargo, no necesita descubrir el glande: está a la vista, orgulloso, con la piel tirante, rubicundo. Sospecho que mi glotonería es insaciable.

—¿Ayudarte? —le pregunto—. ¿Cómo?

—Aguantándomela. ¿Nunca en tu vida has hecho mear a un niño?

No, nunca, pero no quiero contestar esa pregunta, solamente le digo:

—No me parece divertido.

—Para mí puede serlo, sobre todo si después me haces una buena paja.

Empiezo a sofocarme. Mis pezones se endurecen, señalando al culpable. Invento una salida:

—Te propongo algo mejor. Méame encima.

Como yo, nunca lo ha hecho y, aunque no pueda confesarlo, se hace evidente que la idea lo atrae. Se le nota en la cara, pero también lo demuestran los pequeños movimientos convulsivos de ese miembro que no acaba de aquietarse.

—Estás loca. Lo ensuciaremos todo.

Su preocupación no es por mi higiene, sino por la integridad de las baldosas. Me quito las bragas y los pantys, lo invito a que me siga.

—Si lo hacemos dentro de la bañera no ensuciaremos nada.

—¿Te han dicho alguna vez que eres anormalmente viciosa?

No, no me lo han dicho, pero, aunque voy conociéndome un poco más, minuto tras minuto, aún no sé el alcance real de mis fantasías.

Cojo su sexo. Puedo sentir cómo se dilata dentro de mi mano y, apretando con fuerza, lo atraigo hasta que su punta toca mis costillas. Me humedezco los labios.

—¿Te das cuenta? Estamos separados por veintiséis centímetros —le digo—. Preferiría no tenerte tan lejos.

Abre la boca, deja asomar la lengua; veo cómo avanza hacia mí, húmeda y carnosa, separando los labios, huyendo de los dientes para caer en otra trampa parecida —húmeda también, también dentada—, en la que se sumerge por su propio gusto y donde, finalmente, yo la atrapo. La verga, mientras tanto, se ha abierto camino entre mis piernas, buscando un refugio que la ampare.

«La historia vuelve a repetirse», pienso. «Como el tío Abelito, me elevará en el aire.» Es mentira y, si acaso lo hiciera, me dejaría caer para reírse. No lo dejo seguir. Tironeo apresurada de la poca ropa que aún lleva encima, arrojándola lejos, cerca de la maleta. Me meto en la bañera, desnuda por completo, y una voz conocida me susurra al oído: «Te arrastran las pasiones y pierdes la memoria. Has olvidado totalmente lo que te trajo a este lugar, idiota». Detesto que me insulten; la desoigo. Sé perfectamente bien que la memoria no me ha abandonado, descansa en mi equipaje y acudirá en el momento preciso, cuando la necesite.

—Ven. Méame.

Mira desconfiado y, luego, como un padre sin carácter frente a los caprichos de su niña, se quita los calcetines y me sigue sin demasiada prisa. Me estiro en la bañera sabiendo que mi cabeza está loca, que si no grito en un segundo volará por los aires. Cuando, abierto de piernas, El se para sobre mí, me cojo de sus tobillos, le muerdo las rodillas, meto sus huevos en mi boca, lamo sus muslos como un perro cariñoso, aúllo.

Sé que lo asusto, porque el miembro que ha aguantado todo, comienza a desinflarse.

—Ahora podrás mearme sin problemas. Hazlo.

Apunta al centro mismo de mis tetas y dispara un chorro caliente, interminable. Lejos de sentirme asqueada y vomitar, tengo un orgasmo casi sin tocarme y, aun así, la excitación no cede. Es un trozo de carne, me digo; sin sentimientos, con músculos y venas, nada más. Desecho las preguntas. Ya no tengo respuestas, o tengo demasiadas. Abro la boca para recoger las últimas gotas ambarinas que despide su uretra. Es como un té salobre, un poco tibio. Lo miro desde abajo: la sacude sobre mí como si yo fuera un mingitorio; con concentración, ensimismado. No puedo soportarlo.

—Abre la ducha de una vez, hijo de puta.

—¿Qué has dicho? Creo que te estás pasando.

—Que abras la ducha de una vez, hijo de puta.

Me pega con la mano abierta en plena cara. Trato de cubrirme con los brazos antes de que me pegue nuevamente, pero me agarra con violencia del cabello y me levanta. El pasado susurra: «¿Cómo te atreves, niña maleducada? ¡Contestarle así a tu madre!...». Chillo como un cerdo acuchillado. Me mantiene apretada contra la pared de azulejos, sus manos cerradas sin delicadeza alrededor de mi garganta, mientras su miembro, nuevamente duro, se cuela otra vez entre mis piernas. Le escupo la cara. Me llama asquerosa, en voz muy baja, con los dientes apretados, y empieza a escupirme él también intercalando insultos y palabras soeces. Soy profundamente penetrada; entre salivazos, guarras, putas, cerdas y –por qué no, ya que tiene buena memoria– caponas, no alcanzo a sentir nada, pero las siguientes embestidas, imprecisas, brutales, me quiebran de dolor.

–Mira, cabrona, el que tú llamas hijo de puta te está follando como nadie nunca te ha follado, ¿verdad? Venga, dilo, hazme ese favor... ¡Ah!... perdona. En realidad, no puedes. Pobrecita... la muñeca no puede hablar. ¡Pero puedes decir que sí con la cabeza, puta! ¡A ver, di que sí! Muy bien, así me gusta. ¿Verdad que aquí la única hija de puta eres tú? Perfecto. Buena chica. Te mereces un premio. Fíjate, aquí lo tienes, es más grande que un Oscar... Tú lo sabes bien, ¿verdad? Lo has medido. ¿Veintiséis centímetros me has dicho? Vaya desperdicio... en este mismo instante tienes dentro sólo dos, tres a lo sumo...

El sudor le ha pegado el cabello a la cabeza, corre desmesurado por su cara, señala cada rasgo. Miro cómo una gota se detiene indecisa en la punta de su nariz antes de lanzarse al vacío y estrellarse contra mi cuerpo. El, mientras tanto, sigue hablando.

–¿Verdad que es una pena? No te preocupes. Ahora espera, verás, te daré los veintiséis centímetros y todos de una vez.

Posiblemente me desmayo. Despierto sentada en medio de una ducha tibia. Fuera de la bañera, Juan Carlos se masturba frente al espejo.

–Ven aquí –le digo–, acábame en la cara.

—Tiene razón [...]. ¡Estoy destrozada, cosa que llevaba años deseando!

Jane Bowles, *Dos damas muy serias*

«No podrás mirarte, querida. Tirada en un cuarto de baño ajeno, en medio de una bañera que no te pertenece, sucia y frágil como un pañuelo de papel usado, los espejos se empañarán de vergüenza ante tu imagen, no se atreverán a reflejarte.» Mi madre está en las sombras, murmurando cosas que ya no me interesan; con su voz quebrada, humeante, y su inseparable cigarrillo entre los dedos. Ya no me importa lo que pueda decirme sobre la propiedad de cada cosa. Mi cuerpo es totalmente mío; lo siento, me duele como tal. Mío es cada trozo de piel y cada uña, la vagina ultrajada, seguramente herida, la boca entreabierta que recibe sin ganas las últimas gotas de semen que un atleta de pie, con dudosa puntería, le dispara. Las demás, las que no llegan a su diana, se dispersan por mi cara; resbalando por las mejillas, se escapan hacia el cabello o caen sobre los ojos pegoteando las pestañas. A pesar de todo, logro verlo: la cabeza hacia atrás, la pelvis totalmente adelantada, las manos apretando –con fiereza, como siempre– su sexo coloreado por la asfixia, tercamente empeñado en extraer su contenido hasta el final, hasta ese escalofrío que le recorre la columna vertebral y lo endereza nuevamente, permitiéndole mirarme.

Desde sus pies, yo espero ser mimada, comprendida. En cambio, él estira un brazo hacia los grifos de la ducha, y, abriéndolos, se lava las manos sobre mí, mientras me dice:

–A ver si te aseas un poco. Estás hecha un asco.

Sigo su consejo. Voy arrastrando con la esponja enjabonada sus restos fuera de mi cuerpo. El semen y la orina escapan por el sumidero mezclados con la espuma, aromatizados de violetas frescas. Hay lugares que duelen, otros que escuecen, algunos que arden. Sentirme me alegra. Estoy entera, viva.

Encuentro una mirada de muchacho sobre mis ojeras pronunciadas. El cabello peinado hacia atrás —corto, brillante, mojado— acentúa el efecto. Sonrío descubriendo los dientes y un sonido lejano de tango subraya la nada ambigua imagen del espejo. Bajo los ojos para cerciorarme de que aún soy yo, mujer. No hay de qué preocuparse. Todas las diferencias están en su sitio.

Abro la maleta. También allí las cosas siguen igual que antes, como yo las dejara. Saco un albornoz ligero de color violeta, me lo pongo, y luego de anudar el cinturón hacia un costado, meto en uno de los bolsillos el frasco de pastillas. Estoy lista para comenzar.

A partir de este momento la improvisación ha terminado; tendré que ceñirme al guión de la manera más precisa posible. Cuando vuelvo a cerrar la maleta, un trueno imprevisto divide el silencio. «Alucinas», pienso, e inmediatamente un segundo estruendo, más próximo y cercano, corrobora el primero.

> Cualquiera tiene la posibilidad de observar que una hiena, que en el año presente es macho, al siguiente estará convertida en hembra; en cambio, si ahora es hembra, pasará a ser macho. Estos animales adoptan uno y otro sexo, cambiándolos cada año, y pueden ser esposo y esposa; de esta forma no se comportan con actitudes arrogantes...
>
> Claudio Eliano, *De Natura Animalium*

Se ha tirado en la cama ocupándola toda, con los brazos detrás de la cabeza, las piernas abiertas y una punta de sábana, oficiando de hoja de parra, metida entre ellas. En el televisor, un partido de tenis. Logro reconocer los muslos rozagantes de Boris Becker y pregunto:

—¿Divertido?

—No mucho.

—Entonces, ¿por qué lo miras?

—¿Hay algo mejor que hacer?

Ha respondido sin mirarme ni cambiar de actitud. No parece contento con mi presencia.

—Ya me he duchado.

—Pese a todo quisiera verlo. El partido, digo.

—Perdona. ¿Te apetece tomar algo? Puedo prepararlo.

—Un café doble.

Voy hasta la cocina y, cuando vuelvo, su posición no ha cambiado.

—Lamento decirte que no queda azúcar.

—¿Te has fijado bien?

—Sí, con seguridad. No queda.

—Lo tomaré amargo. Con leche.

Me parece perfecto. Busco la bandeja que ya estaba preparada y la apoyo sobre la cama, a su lado. Coge la taza sin mirarme ni decir nada. Pretendo ser simpática y, luciendo mi mejor sonrisa, le digo:

—Gracias, cariño...

Con la vista fija en una publicidad de yogures, me responde:

—Nadie te pidió que lo hicieras.

Tiene razón, pero yo debía darle los somníferos.

Se ha dormido sin terminar el café. Levanto el servicio y lavo meticulosamente tazas y platos. Vuelvo a su lado. Sentada en la cama, junto a la cabeza que cae hacia un lado, lo llamo, subiendo la voz cada vez que repito Juan Carlos. Levanto uno de sus brazos y lo dejo caer; aunque con mucho más esfuerzo, hago lo mismo con una pierna, y luego, para no privarme del morbo que me causa, con su sexo, magnífico también cuando descansa.

Ahora que el alma parece haberlo abandonado, sus rasgos se ven de otra manera. No puedo decir que no me gusten. Tiene la boca sensual –con el labio inferior más destacado por un mohín caprichoso–, el mentón definido. Las cejas oscuras, muy arqueadas –casi dos trazos simétricamente dibujados, que dan a su cara un aire antiguo, de postal pornográfica–, remarcan aún más las pestañas, ya de por sí gruesas y tupidas, quitando protagonismo a la nariz que sin embargo es importante.

Lo tengo a mi merced, pendiendo de mi mano, sin negativas ni prejuicios; abandonado a su suerte, que ahora comienza a parecerse cada vez más a mis caprichos; tan despojado que, por no tener, no tiene ni cosquillas. Recorro su cuerpo, buscando sin confesármelo el secreto de mis calenturas. El torso me acoge, las piernas me gustan, su sexo despierta mi hambre, pero es el olor de su piel, terroso y húmedo, lo que definitivamente desequilibra mis deseos, trasladándome a un mundo de impresiones difusas, reduciéndome a recuerdos.

Vuelvo a ser niña, antes del pecado y la conciencia, nuevamente encerrada en un tiempo de sensaciones inexplicables donde el dolor no tenía nombre y el placer era anónimo. Regreso al bosque, a la laguna, a una sensación pringosa trepando desde la planta de mis pies a los tobillos; revivo la excesiva, casi desagradable, tibieza del agua –turbia, amarronada– que me cubre más allá del ombligo, mientras los otros ríen y se besan en ese espacio de límite impreciso, con sus cuerpos desnudos, del color de la cal iluminada, imitando la ropa que se seca al sol, como ellos, aunque más estática, sin besos y sin risas, colgada entre los árboles que se elevan y caen, tamizando la luz, rozando la opaca superficie del agua sin atreverse a atravesarla.

El miedo está encarnado en las patas de una araña, en la altura de una roca, en la profundidad que desconozco. La palabra muerte aún no existe. Sólo esta plenitud detenida, estas aguas arcillosas confundiendo el sexo de los cuerpos, resaltando la blancura de las risas, alejando los ritos cotidianos, aburridos.

Paseo mi nariz por todos los rincones del macho dormido –un héroe derrotado, mitológico, un titán cansado– tratando de encontrar algún olor desagradable, ese hedor que rechace por igual mis recuerdos infantiles y mis actuales fantasías, devolviéndome a este cuarto vulgar, a esta cama ajena, a este cuerpo totalmente tangible y sin leyendas. No se ha duchado, no está limpio; al menos tiene encima todas las horas que llevamos juntos y, aunque en cada rincón de su piel encuentro rastros de nuestros sucios juegos, no me desagrada; es más, me gusta. Comprobarlo, sin embargo, intranquiliza.

Necesito pensar, robustecerme, y me acuesto a su lado, dejando que mi cabeza descanse sobre uno de sus brazos. Nunca estuve así con El despierto. La sensación es agradable, me adormece. Cuando otro trueno –es el tercero– me saca sin ternura de mi ensueño, salto sin dudarlo de la cama. Ignoro la cantidad de tiempo que he perdido durmiendo, pero, si no me doy prisa, el efecto de las pastillas desaparecerá. Desocupo una mesilla de noche tirando al suelo todo lo que encuentro encima —un libro, revistas, crema para las manos, un señalador de cuero— y pongo en su lugar el maletín abierto. La cama tiene ruedas. La ubico en medio de la habitación: así podré moverme alrededor y aliviaré el trabajo. Abro el frasco de aceite y el olor a canela inunda la habitación. Un coro de niñas me canta: «Arroz con leche, me quiero casar, con una señorita de San Nicolás...».

—¡Vaya tontería!

Ante mi exclamación en voz alta, el coro se aleja y vuelvo a mi tarea. Las piernas pesan mucho, pero menos que el torso, y, aunque moverlo me cuesta, en unos minutos logro ponerlo en la posición que quería. Le unto con aceite tobillos y muñecas porque por allí pasarán las ataduras y no quisiera que se lastime. No tengo experiencia en hacer nudos, sin embargo, un momento después, los cuatro trozos de cuerda cuelgan de sus extremidades hasta el suelo alfombrado, y yo me siento satisfecha. Los brazos irán atados a las patas delanteras de la cama; las piernas izadas hacia atrás, cogidas al cabezal de hierro. La posición no es cómoda, por eso pongo bajo la cabeza un cojín de plumas doblado en dos. Así, el mentón le toca el pecho; sus orejas, aunque a muchos centímetros de distancia, quedan justo debajo de las rodillas, y el ojo de su culo al descubierto, sin obstáculos.

Veo agua afuera, golpeando contra los cristales. Ha empezado a llover torrencialmente. Pongo el casete que he traído y lo pruebo unos segundos, ajustando el volumen. Hago otro tanto con la cinta de vídeo. Me alejo hasta la puerta para tener una perspectiva general de mi obra. Tengo ante mí a un animal cautivo, a un prisionero; una frágil criatura desprovista de nombre, de voluntad y de sexo.

Hay ruido de palabras en mi cabeza, acusándome. No me preocupa. Son como insectos molestos, pero inofensivos, a los que puedo alejar con un ligero movimiento de la mano.

Ensayo los mandos a distancia. Todo está bien. Hasta que el rehén despierte podré descansar tranquila, con una copa de agua fresca —¿por qué no de lluvia?— entre mis manos.

—¿Qué harás conmigo?

Está despierto. Esperaba un grito de horror o de furia, un insulto, cualquier cosa menos esta pregunta desprovista de emoción, dicha en un tono de voz casi inaudible.

—¿Vas a matarme, verdad?

Es como si deseara que lo hiciera; como si la muerte no fuera lo peor, sino, por el contrario, lo más piadoso que pudiera infligirle.

—No, no pienso matarte. No podría.

—Entonces suéltame. Esta posición es ridícula. Casi no puedo hablar.

Juan Carlos ha vuelto a aparecer, le reconozco. Allí está nuevamente, mostrándome sus mañas.

—Tampoco puedo soltarte. Antes tengo que hacerte probar tu medicina. —Una frase ridícula, lo sé, de película barata.

—¿Medicina? ¿De qué estás hablando? Venga, suéltame de una vez. Mi mujer llegará en cualquier momento.

—Tu mujer no volverá hasta mañana.

—¿Qué hora es? ¿Cuánto hace que duermo?

—No demasiado. Aquí está el reloj, ¿puedes verlo?

Enciendo la luz. Gira la cabeza hacia la almohada, como si tratase de ocultar la cara.

—Por favor, apaga.

Es la primera vez que dice por favor desde que lo conozco. Igual no le hago caso. Me acerco a la ventana y descorro las cortinas.

—¡Estás loca! ¿Pretendes que me vean?

—Podría contestarte «quizá sí» a la primera pregunta, no, a la segunda. Está lloviendo a cántaros. ¿No lo ves? Hay viento también, y muy fuerte. No hay nadie en los balcones.

—¡No me importa! ¡Te he pedido que cierres! ¿Qué quieres? ¿Chantajearme?

—Tampoco. Sólo quiero jugar un rato contigo.

—¡Déjate de tonterías! ¿Qué quieres, que te folle? No tienes más que pedírmelo.

—Ese no es el único juego posible.

Tironea de las cuerdas tratando de zafarse.

—No podrás desatarte. Los nudos son muy fuertes. Te lastimarás.

—¡Acaba de una vez con esto, estúpida!

—Te equivocas en la manera de pedirlo. Ahora la fuerza no está de tu parte, así que es mejor que no me insultes.

—¡Suéltame, te digo... hija de puta... perra...! ¡Suéltame ahora mismo!

—Estás gritando. Es una tontería. Tendré que amordazarte.

Es un gran luchador, fuerte y valeroso pese a su inferioridad de condiciones.

—Ahora que has dejado de gritar, escucharemos música.

El pañuelo estampado le divide la cara en dos haciendo resaltar sus ojos, pero también el miedo que se ha apoderado de ellos.

Aprieto el *play* de la platina y unos segundos después la voz de Jessye Norman ocupa el espacio de sus insultos y mis explicaciones con unas canciones invernales, tensas y melancólicas.

—Perdón, pero no he podido componer la banda sonora. Es que el montaje de las imágenes me llevó muchísimo tiempo... ¡Ah!, tú no debes tener ni idea de lo que te estoy diciendo. Quería hacerte ver unas películas muy interesantes, aunque con escenas un poco crudas... asquerosas, vaya. Espero que no hieran tu sensibilidad. Son hombres también, pero con un concepto un poco desviado de la sexualidad. ¿Cómo los llamarías tú? ¿Maricones... sarasas... invertidos... gays... homosexuales? Bueno, lo mismo da, la cuestión es que aquí los tenemos en acción. Fíjate, ¿no la tienen pequeña, verdad? Se besan en la boca, se acarician... Es ridículo, parecen imitar a un hombre y una mujer. No hablo de ti conmigo, no. Lo nuestro ha sido exclusivamente sexual, sin lamentables ternuras de este tipo. ¿Quién crees que se follará a quién? Yo apuesto por el de los bigotes oscuros; tan mexicanote él, tan macho. Sí, el pasivo es el más joven, ese rubito con cara de no haber roto nunca un plato... Aunque mira, el pequeño tiene una erección espléndida... Se miran, se cotejan, el moreno se agacha, ¡y se la mete en la boca! ¡Vaya marrano! Ahora hacen un sesenta y nueve... el pequeño le pone crema en el trasero al machote... que se tira en el diván y levanta las piernas... mientras el rubio lo amenaza con el arma en la mano... el moreno se separa las nalgas con los dedos, cierra los ojos... se humedece los labios con la lengua... ¡y se la traga toda! Dime, Juan Carlos, ¿no te pone a mil? Déjame ver... No, a ti no. Es una pena, porque a mí, mira.

Tengo el consolador en la mano. Acabo de sacarlo del maletín y se lo muestro en alto, como si fuera un trofeo. Dejo caer el albornoz y empiezo a colocarme las tiras alrededor de las caderas. Lo hago cuidadosamente, sin ninguna prisa.

—Es un buen falo. Del tamaño del tuyo, prácticamente exacto. Tiene a su favor que no se aplaca nunca, y también que, una vez usado, puede guardarse en cualquier cajón.

Camino hasta el espejo. Envarada, tratando de percibir la diferencia en esta prolongación hacia adelante de mi cuerpo. Es una verdadera prótesis: no siento nada. Retrocedo unos pasos y vuelvo a mirarme de frente y de perfil, entrecerrando los ojos. Ahora sí, al fin tengo el poder entre mis piernas. Soy dueña de la porra policial, del cetro del monarca, del báculo papal, del bastón de mando.

Me veo demacrada y ojerosa. No me vendría mal un poco de pintura. Desde la cama, mi esclavo sigue los pasos de su ama con la mirada presa, igual que él, del miedo. No tengo prisa. Delineo con precisión el contorno de los ojos, pongo un poco de color en mis mejillas y exagero el trazo de la boca con un rojo violento. Quisiera oler a flores. Me perfumo.

Las palabras de Hesse hablan del atardecer y de las pérdidas, de la dulce decadencia de la vida. La mujer que las canta tiene nombre de orquídea –una flor lejana, de apariencia muy frágil–, pero también una cicatriz en la cara que la muestra carnal y vulnerable. En la pantalla del televisor otras mujeres se confunden, sudorosas, en sus juegos lésbicos. Tienen los pezones oscuros, prominentes, dibujados; frutos de tierna madurez, flores carnales. Miro los míos y los encuentro opacos. Los pintaré de rojo, del mismo rojo de los labios. El pincel los enciende y los despierta, transformándolos.

Vuelvo a apagar las luces. Sólo el televisor destaca ahora el cuerpo de mi víctima y proyecta a sus espaldas sombras diferentes, formas cambiantes. Me pongo de rodillas entre sus piernas levantadas. Ya no lucha. Sus manos están casi tan laxas como el miembro, que descansa caído hacia un costado. Mientras me inclino sobre él, la lluvia, absolutamente desaforada, continúa cayendo, golpeando con fuerza de nudillos los cristales de la ventana. Sus ojos esperan una respuesta que no obtendrá, al menos en palabras.

Canela nuevamente. He comenzado a lubricar la prótesis que, imperturbable, conserva su erección. Luego paso a aceitar sus nalgas; con un masaje circular, cada mano a cada uno de los lados y los dedos pulgares escapando hacia el centro, hacia el ojete convertido en cima y que, como el cráter de un volcán, apunta al cielo, desplazado por completo de su eje. La víctima comienza a comprender la intención del verdugo. Es demasiado tarde. El ariete ya enfila hacia la fortaleza, dispuesto a derribar cualquier impedimento, decidido a penetrar profundamente en aquel inmóvil cuerpo ajeno. Los ojos del atado se pasean de la incredulidad al pánico, transitan por la desesperanza, se detienen en el dolor, se desbordan de lágrimas.

—Ya está —me oigo decir ratificando la evidencia—. La tienes toda dentro.

No hablo de mí. Yo estoy fuera. La mirada no basta, ni siquiera el falso apéndice. El látex no tiene sentimientos.

—El dolor humaniza. Te volverás más tierno.

Soy yo la que habla, justificándose. Casi al mismo tiempo, un chirrido agudo, arrastrado, se superpone a los lamentos de mi víctima. Es la puerta del armario que se abre lentamente. Un extraño animal bicéfalo, de numerosas patas, empieza a asomarse entre las sombras. Somos nosotros dos, unidos en la imagen plana del espejo, observados por una cantidad imprecisa de imperturbables fantasmas vestidos de mujer. Deshago el nudo que nos ata, salto de la cama y enciendo una luz para espantarlos. No hay nada más que ropa femenina colgando de las perchas. Y zapatos. Ordenados, lustrosos, esperando en silencio el momento en que deberán acompañar los pasos inseguros de su dueña.

De pronto me doy cuenta de que he olvidado en algún lugar mi hombría. Me giro. Está allí, y allí se quedará: dentro de El, con El, entre sus nalgas.

Antes de salir vuelvo a mirarlo. No me convierto en sal, pero me invade la tristeza. Sus pantuflas están debajo de la cama.

Ninguna piedad. Luego del holocausto nos queda la esperanza de una humanidad pacificada.

Tristan Tzara, *Manifiesto Dadá,* 1918

En el asiento trasero del coche tengo las pocas cosas que llevaré conmigo: uno o dos bultos con la ropa y la kentia, con sus hojas flexibles ocupando casi todo el espacio restante.

Estoy recién duchada, con el pelo húmedo, oliendo a colonia para hombre. Ella, su mujer, dobla la esquina. La esperaba. No es distinta a mí, no al menos a la que yo era: una actriz secundaria en el mediocre reparto de una representación vulgar, jugando como propio el papel que le otorgaron arbitrariamente; poco más que una mujer esperanzada viviendo entre las nubes.

Pongo el coche en marcha antes de llamarla. Se acerca, me sonríe.

—Quería despedirme.

Antes de que comience a hablar, le pido que no diga nada que pueda hacerme más difícil la partida. Asiente con la cabeza, me roza apenas una mano y sólo dice:

–Suerte.

–Gracias, pero ya no la necesito.

Se queda allí, muy tiesa en medio de la calle, frente a la casa que de alguna manera compartimos; con los brazos caídos y los hombros altos, a sólo unos pasos del hombre de sus sueños, a escasos metros de una pesadilla.

Barcelona, octubre de 1992